美少年蜥蜴　【光編】

西尾維新

講談社
タイガ

双頭院《そうとういん》学《まなぶ》
袋井《ふくろい》満《みちる》
足利《あしかが》飆太《ひょうた》
瞳島《どうじま》眉美《まゆみ》

美《び》少《しょう》年《ねん》探《たん》偵《てい》団《だん》

Illustration キナコ
Design Veia

美少年蜥蜴【光編】

美少年探偵団団則

1、美しくあること
2、少年であること
3、探偵であること

0　まえがき

限りがないのは、宇宙と人間の愚《おろ》かさのふたつである。ただし前者については、まだ確証が持てない――天才と言えばこの人、アルベルト・アインシュタイン博士の箴言《しんげん》だ。さすがこれくらい一流のかたとなると、風刺の利かせかたもただならないものがある……、枕草子に乗っていてもおかしくない一文だけれど、やっぱり、舌を出して言ったのだろうか？

もっとも、あの有名な写真は、写真嫌いの博士が、それゆえにあえておどけて撮った一枚だという話もある……、写真嫌いのキメ顔だったのか。そう言えば、以前引用させてもらったランプの貴婦人ことフローレンス・ナイチンゲールも大層な写真嫌いで、だからあんな風に不機嫌そうに写っているのだとか……、どちらも人柄がよく出ている。

悪く出ているとも言える。

写真は真実を写すわけだ、よくも悪くも。

解像度よりも何よりもわたしの目とは、そこが違う——もっとも、その真実をどう活用するかは、また別の定義となる。

それはともかく、あの相対性理論も、こんな風にわかりやすい一文にまとめてくれたらいいのにと、凡人は思ってしまうけれど、調べてみたところ、天才はそんな無茶ぶりに、既に応じてくれていた。さすがだ。

いわく、『相対性理論とは、ストーブの上に手を置いた五分間と、好きな子と話している五分間の、長さが違うようなものだ』とか……、わかりやすっ！

期せずして、天才と凡人で相対性が示されてしまったけれども、またしてもそれはともかく、わたし達、美少年探偵団の冒険譚も、いよいよ終わるときがやってきた。

人間のそれがどうなのかは、わたしにも確証が持てないけれども、どうやらわたし達の愚かさには、限りがあったらしい——いつまでも美少年達とおどけていたかったけれど、宇宙はそんなことを許してはくれなかった。

美観のマユミ。

美少年探偵団の一員として、そんな風に名乗るようになってから、気が付けばそれなりに時が経過したけれど、その間にわたしは、いったいどれだけの『美しいもの』を見てきただろう。それ以前の、『醜《みにく》いもの』ばかりを見てきたあの時代——暗黒時代を思えば、隔世の感がある。

ありふれた表現ではあるが、十四歳以前のわたしにとって、醜いものは、見やすいものだった——ご自慢の視力を嘆くような振りをして、世の中を見通したようなつもりになっていた。

見る目があるつもりだった。

夢を見ながらも絶望していたのは、世界が絶望的だったからではなく、わたしが絶望的だったからだ……、世界のいい面を見ようとせずに、悪い面ばかりを見ていた。好んで裏側ばかりを目視してきた。

真実ではなく、暗黒を見てきた。

わざわざ暗闇を覗いてきた。好き好んでとしか表現できない。

とは言え今でも、そんな前向きな人間になったわけでもない——人間がそう簡単に変われるわけもなく、結局のところわたしは、暗黒時代となんら変化のない、根暗で陰湿な女の子である。

嫌な奴《やつ》だ。

全身くまなくひねくれている。

実際のところ、疑問である。

屋上で遭遇したあの夜、リーダーはいったい、こんなわたしのどこに、美点を見出《みいだ》したのだろう——世界のどこからでも美を見出せる美観を有するのは、わたしではなく彼であり、彼らだったのではなかろうか？

今から思えば、美術室で活動していたあの頃は、夢のような時間であり、本当に夢だったのだ。だから、最後はわたしのほうから、彼らに言いたいと思う——感謝の言葉を言いたいと思う。

わたしを見つけてくれてありがとう。

ありがとうございました。

過去形になってしまうのが悲しいが、その悲しさも、また、美しい——そうそう、一応、ここから『美少年探偵団・最後の事件』をスタートするにあたって、恒例ではあるけれど、最初にオチを述べておくことにしよう。一冊の本を最後まで読んでいられない、忙しい人も中にはいるかもしれないので、アインシュタイン博士を見習って、たったの一文で表現する。

この事件はわたしが失明して終わる。

だから今回こそは本当の本当に、正真正銘、最後の事件だ——瞳島眉美《どうじままゆみ》最後の事件ではなく、美少年探偵団、最後の事件である。チームの目として、叙述し切れるように頑張りたい。

刮目して見よ！　いやわたしは刮目しちゃ駄目なんだけど……。

できる限り、美しく！

1　OB訪問

「きみが美しいと感じたものは、本当は美しくもなんともないのかもしれないよ？　眉美ちゃん。真実が美しくもなんともないのと同じように。ありとあらゆるものが美しいということは、美しさなんてどこにでもありふれているということじゃないのかな？　だけど、ありふれたものの、いったいどこが美しいんだい？」

美々しい何かは、平々凡々なのかもしれないよ——と、彼は、わたしを直視しながら言った。

目で目を射貫《いぬ》くように言った。

彼というのは、つまり、双頭院踊《そうとういんおどる》——指輪《ゆびわ》学園高等部の生徒にして、我らがリーダーの実兄にして、美少年探偵団の創設者である。

肩書きのすべてがわたしを緊張させやがる。か弱いメンタルが張り詰める。

「俺の弟を可愛《かわい》がってくれるのはとても嬉《うれ》しいし、咲口《さきぐち》達と仲良くしてくれていることについては感謝しかないけれど、しかし、俺は少し心配だよ。はなはだしくね。きみが過度に、あいつらに心酔しているんじゃないかって——華々しさに、はなはだしく。視界が狭くなっていないかい？　広角レンズで撮影すれば、あれくらいの人間、どこにだっているんだよ？」

「——どこにだって」

「ここにだって。誤解してほしくはないけれど、俺はもちろん、彼らが好きだ——貶めようという気持ちも、陥れようという気持ちもない。ああも無邪気な弟を愛していないわけがない。咲口達にしたって、俺には過ぎた後輩だと、今でも思っているさ。けれど眉美ちゃん、冷静に考えて、小学五年生をリーダーと崇《あが》め奉《たてまつ》っているきみは、やや正気を失っていないかな？」

「…………」

失って——いるのだろう、そりゃあ。

しかし冷静に考えられるはずもない。

仮に冷静だったなら、一度だけ、ほんの一度だけ、生徒会選挙のときに支持をお願いしただけの相手を、アポも取らずに訪ねられるはずもない。図々《ずうずう》しいようでいて小心者の中学生であるこのわたしが、恐い恐い高等部の校舎を、単身で訪ねられるはずもない。最低でも一個師団に守られたい。

けれど、それを言ったら——わたしが縋《すが》るように会いに来たこの人も、正気とは言いがたいんじゃないだろうか？

実の弟が。

そしてかつての仲間が、全員行方不明になっているんだぞ？

それなのにその冷静な態度は、諭《さと》すような口ぶりは、正気を——そうでなくとも、何かを失っているのではないか。

『美談のオドル』。

今のところ、まったく踊ってくれそうにない。

あるいは、と、わたしは思う。

ある意味でわたしの読み通り、この人は、知っているからこそ、こうもクールなのじゃないだろうか……、あの五人の美少年の行方を把握しているからこそ、おたおた動揺している哀れな後輩を相手に、上からものを言えるんじゃないだろうか。

だとすれば、直視されても、目を逸《そ》らせない。

わたしからも、目で目を射貫かねば——インファイトだ。

「晴女とか雨男とか、言うよね？　一般のかたは」

一般のかたって。

どういう立ち位置なんだよ、この高校生。

「眉美ちゃんはどちらかな？　晴女かな？　雨男かな？」

「えっと……」

急に突拍子もないことを訊《き》かれても、何の話かわからないままに答えるのは危険だと感じてしまうような……、引っ掛け問題の恐れがある。しかし一方で、その質問の仕方は、実に絶妙だと感じてしまうな。勘所をまったく外していない。

わたしは男子の制服を着ている女子生徒なので、『晴女なのか雨女なのか』『晴男なのか雨男なのか』と訊くよりは、男女を織り交ぜて質問するほうが、気遣《きづか》いがされている――と言うか、そつがない。

細かいあれこれをなしにしても、本当にあの『無邪気な弟』の兄とは思いにくい。

ずけずけ人を誉めてくる、あの弟の兄とは――この調子では、踊らされるのはわたしである。

「特にどちらでもありませんけれど……、生きていると、晴れの日もあれば、雨の日もありますから」

これと思った日は必ず晴れるとか、肝心な日に限ってよく雨が降るとか、そんな特殊な人生を送ってはいない。

天気図の制作には関《かか》わっていない。

「そう。賢いね、眉美ちゃん」

優しく言われても、馬鹿《ばか》にされているようだ。されているのだろうし。

うーん。

「ひとりの人間の行動が天候を左右できるだなんて、基本的にはそりゃあ幻想だ。にもかかわらず、世間には大量の晴女や雨男がいるのはなぜだろう？　思い込みの激しい凡人が多いのかな？」

思い込みの激しい凡人が多いのかなと訊かれて、きっとその通りでしょうねとは頷《うなず》けないけれど……、でもまあ、己の人生を特別なそれだと考えるのは、そりゃあ凡人じゃなくても、一般のかたじゃなくても、大低はそうなのでは？

責めたり、冷や水を浴びせたりするようなことではない。

また、その考えがあながち間違っているとも言えないのだ——誰の人生だって、誰かにとっては特別である。それを否定するのは、あまりに思いやりがない。

「そう。どんな特別な誰かの人生だって、別の誰かにしてみれば、どうでもいい人生なのと同じようにね――眉美ちゃん。大抵の偉人は、きみにとって、いてもいなくてもいい、どうでもいい人間だろう？　万能天才、レオナルド・ダ・ヴィンチが不在だったとして、きみの人生の何が変わる？」

「…………」

「きみが、そして俺が大切に思うあの五人にしたって、関係のない人間にしてみれば、関係のない五人でしかない」

なるほどね。

わたしの人生の一大事は、地球の裏側で暮らしている人々にとっては、ただの些事《さじ》である——否、地球の裏側と言うのも、わたしからの一方的なものの見方でしかない。向こうから見れば、わたしの暮らす国こそが地球の裏側であり、極東の島国である。

地図に載せてもらえるだけありがたいと思わねばならない。

「晴女と雨男の話に戻ろうか」

いや、そこに戻らなくても。

ちなみに今日の天気は曇りである。

曇り男、曇り女ってのもいるのかな？　強《し》いて言えば、どんよりとしたそんな天候こそが、一番わたしっぽいけれど。

「ひとりの個人の行動によって天候が左右されるという、そんな現象は起こりえないと割り切ってしまうのは簡単だけれど、もう一歩踏み込んでみるのもうつく——面白いところだ」

ん？

今美しいって言いかけた？

「気象予報士が、どうやって天気を予測するのかと言えば、それは統計だろう？　過去のデータ、今で言うビッグデータを集計して、その結果に基づき、明日の天気を予報する。過去から未来を導き出す。眉美ちゃんも、それくらいは知っているよね？」

都度都度、わたしを下に見てくるな。

とは言え、眉美ちゃんは、ちゃんと知っていたとは言いがたい……、つまり、『この本を読んでいる人は、この本も読んでいます』みたいなノリで、『今日がこんな天気だったから、明日はこんな天気です』『去年の今月がこんな天気だったから、今年の今月はこんな天気です』みたいなことを言っているわけだ。

そうやって降水確率を算出する。

「あれですか？　要するに、天気には傾向があるってことですか？」

「そう。そして人間にも傾向がある。人間の、人類の行動には決まりきった典型的なパターンがある。それが天気図の統計と合致すれば、晴女も、雨男も生まれるだろう――梅雨の季節によくお出かけをする人は、雨男、雨女になるだろうし、砂漠で暮らす遊牧民は、晴男、晴女になる。一月《ひとつき》に三十五日雨が降るという屋久島《やくしま》の住民は、みんな雨男で雨女になる――こういう風にも言える。天候を左右することはできなくとも、天候に左右されることはできる、と」

行動を天気に寄せていく、ということ？

それは、まあああるか。

雨天決行を旨とする人もいるわけで、そういう初志貫徹主義者は、多少の降水（確率）では雨を避けようとしないから、結果、雨を嫌う人よりは、雨男、雨女と化す機会は増える――また、梅雨の話で言えば、ジューンブライドというキャッチコピーが考案されたのは、そのじめじめした閑散期の季節を、うまく活用しようという商魂があったからとも聞く。

ふうむ、確かに面白い考えかたではある。

うつく――面白い。

だけど、それがどうしたという考えかたでもある――ごちゃごちゃ理屈をつけられても、それは理屈がついただけだ。わたしは今、何について、ほぼ見ず知らずみたいな大先輩と語り合っているんだ？　さらっと巧みに、トークテーマを逸らされてないか？

「晴女や雨男は、つまり特別な人間なんて奴は、いないのではなくいくらでもいる――ありふれているということについて、今、俺達は語り合っているんだよ、眉美ちゃん。きみがどはまりしているエンターテインメントも、別の特別に、あっという間に取って代われる――クラスで一番の人気者なんて、クラスの数だけ存在する。夢破れても、すぐに次の夢が見つかる。きみがこれまでに体験した、美談のようなあれこれは、ラジオでよく聞くあるあるネタで、ご本人を知らないままに物真似《ものまね》芸人を楽しんでいるだけなんだ。きみは特別な人間だ、他《ほか》の全員と同じように」

言ってしまえば。

この世の誰もが、美少年探偵団なんだよ――と、初代団長は、そうまとめた。

ある意味では団長らしい発破のかけかたではあったけれど、しかしながらそのありさまは、少年期を終えたと言うよりは、枯れた印象だった。

2　消えた美少年

さて、本書から読み始めたという奇特なかたのために、あるいは、一年も前に出た本の内容はうろ覚えだという忘却探偵のために（わたしもちょっとごっちゃになっている。白髪の彼女とは、コラボしたことがあったようななかったような……）、どうしてわたしが、指輪学園の高等部で、ハンサムな先輩とおしゃべりに興じているのかの説明をしておこう。ちなみに一年かかったのは、『ヴェールドマン仮説』を百冊目にするために我々が後回しにされたからであって、決して瞳島眉美が仲間のピンチにぼやぼやしていたわけではないことを明記しておく。

何が探偵一家だ、そのうちお前らともコラボしてやるからな。

で、簡単に言うと、わたしがちょっくら探偵活動で、籍を置く指輪学園を離れて他校で単独行動を取っていると、その間に、同じく籍を置く美少年探偵団のメンバーが全員、行方不明になっていた。

『美声のナガヒロ』、先輩くんこと咲口長広《ながひろ》も。
『美食のミチル』、不良くんこと袋井満《ふくろいみちる》も。
『美術のソーサク』、天才児くんこと指輪創作《ゆびわそうさく》も。
『美脚のヒョータ』、生足くんこと足利飆太《あしかがひょうた》も。
『美学のマナブ』、リーダーこと双頭院学《まなぶ》も。

美少年探偵団の事務所である美術室から忽然《こつぜん》と姿を消していた——否、その美術室さえ、豪奢《ごうしゃ》に彩《いろど》られた美少年探偵団の事務所ではなくなっていた。テーブルもベッドも彫刻も大時計も、何もかもが失われていた。

みんなで描いたあの天井絵も。

痕跡《こんせき》さえ残っていなかった。

のみならず、あれだけ特異な有名人だった彼ら――小学生であるリーダーを除く四人――のことを、わたしの同級生は、まるで聞いたこともないというような態度だった。そんな元生徒会長や、そんな番長や、そんな財団の息子や、そんな陸上部のエースは、最初からいなかったがごとき振る舞いである。

わたしがいくらほうぼうを訊いて回っても、『誰それ?』とでも言わんばかりの、よそよそしい対応だった。いや、『誰それ?』は、わたしに対して思っていたのかもしれない――そんな奴らは知らないけれど、ところできみは誰? と。

まあわたしの無名は今に始まったことではない……、改めてショックを受けている場合ではない……。だが、それぞれがそれぞれにとんでもない知名度を誇った四名がいなかったことにされているのは、どんな深刻ないじめの現場でも、ありえないシカトだった。

それに、およそ冗談では済まない事態であることは、女子生徒の服装を見れば一目瞭然《いちもくりょうぜん》だった……、なにせ、わたしが凱旋《がいせん》したときには、彼女達が全員、ひとりの例外もなく生足を晒《さら》していたのである。

馬鹿な。黒ストはどうした、貴様達。

輝くような美脚を誇る生足くんが入学して以来、我が校の女子は、みんなスカートを切り詰めるのをやめ、黒いストッキングを、それも分厚いタイツみたいなストッキングを穿《は》いていたはずなのに……、まるで、原因が取り除かれたから、結果も変わったみたいじゃないか。

過去が改変された？

わたしは違う世界軸に迷い込んでしまったのか？　ここは美少年探偵団のメンバーが存在しない、パラレルワールドなのだろうか……、異世界に転生したのだとすると、よりリアリティのある異世界へ転生してどうするという感じだが……、美少年探偵団の在籍しない学園なんて。

これだとわたしは、何のために女装してアーチェリー女学院まで遠征したのかわからない……、女装してじゃないか、元々女子だし、でも向こうでは白スーツを着ていたし……、我ながら女子なんだか男子なんだか……、でも、だったら第二の教育委員会である胎教委員会はどうした？　個性なき特別、『埋没者』こと沃野禁止郎《よくやきんしろう》くんは？　ここは、あれもこれも、全部なかったことにリセットされた世界観？

こんな指輪学園に帰ってきちゃって、あ〜〜ん、これからわたし、いったいどうなっちゃうの〜〜〜？

って、マジでどうなるんだよ。

3　捜索活動

いろいろ泣き言を語ったものの、しかし、わたしも本気で、異世界に迷い込んだとか、これまでの冒険はすべてわたしの見た夢だったのだとか、わたしは美少年になった夢を見ていた蝶だったのだとか、そういう風に思っているわけではない——そもそも、わたしは蝶より蛾ってタイプだし、原因が取り除かれたから結果が変動したなんて時空の推理は、男装した我が身を振り返れば、ぺけぽんであるとたやすく判明する。

彼らがいなければ、わたしは髪を切ることも、まして男子の制服を着ることもなかったわけで……、他ならぬわたしの佇《たたず》まいが、彼ら五人の実在を証明している。もちろん、彼ら五人がわたしだけに見えていたイマジナリーフレンドだったという説は残りかねないけれど、その可能性は、最後の最後に考えることにしよう。

わたしだけはわたしの正気を信じなきゃ。もう誰も信じてくれないんだから。

第一、あちこち聞いて回っていたときに受けた『誰それ？』な対応も、わたしは鵜呑《うの》みにしているわけではない……、幼《おさな》い頃に、ありもしない星を観測したというトラウマを持つわたしは猜疑心《さいぎしん》の塊《かたまり》であり、『第三者の証言』を、まるごと信じるほど、軽減税率ではない。

軽減税率？

ああ、違う違う、軽率《けいそつ》だ。

わたしの場合はただの言い間違いで、これも不良くんなら、活字にも軽減税率を適用すべきだという風刺に話を持って行くところだろうけれど、まあまあ、この本を生活必需品にしてくれとは言えないな。

小説がなきゃ死んでたって人は、確かにいるにしてもね。

いずれにせよ、眼鏡《めがね》を外すまでもない。

美少年の所在を訊《たず》ねるわたしの質問に答える彼ら彼女らは、どこか上の空だったと言うか……、目が泳いでいた。

目が溺《おぼ》れていたと言ってもいい。

それは生徒会副会長、長縄和菜《ながなわわな》さんもだ。

嘘《うそ》をついている、と鋭く指摘したいわけではなく……、彼ら彼女らは、見なかったことにしようとしているかのようだった。

たとえ話で、シカトといういじめに言及したけれど……、『我が校にいじめはありません』『まったく気付きませんでした、相談もありませんでした』と言い張る教師陣にも近い雰囲気が、どこかに漂っていた。

どこかと言うか、校内全体に。

嘘をついているのではなく……。

そうありたいと願っているような……。

もしもわたしが名探偵だったなら、彼ら彼女らの証言の矛盾を突き、論理的に構築し、鮮やかに真実を暴《あば》いてみせるのだろうけれど、いざ現実にそのレベルで偽証されてしまうと、ものを言えなくなってしまう。

何を言っても無駄だなという厭世感が先に立つし、議論する気を失ってしまう。いやはや、実際、真っ向から『あなたが犯人です』と指摘できるなんて、名探偵の度胸には恐れ入る――長縄さんに関して言えば、折角仲良くなった友達の偽証を無神経に暴きたくないという、そんな気持ちもあることは否定できないし。

そもそも、わたしが『美学のマナブ』から学んだ探偵のありようは、そういうものではないのだ。わ、わたし達は意地の悪い名探偵になりたいわけじゃない。

美しくあること。

少年であること。

探偵であること。

そして、団《チーム》であること——美少年探偵団である。

アーチェリー女学院への遠征でも、学びはあった……、ひとりのときでも、わたしはチームなのだ——もしもこの事態が胎教委員会の仕業だったとして、これで美少年探偵団を無力化できたと思っているのだとしたら、それは大間違いである。

わたしがいるのなら、全員がいるのと同じだ。

さあ、アイディアを募《つの》ろう。

みんななら、こういうとき、どうするの?

4　OB訪問2

そしてわたしは、高等部を訪ねたのだった。

なるほど、『見なかったことにしたい』という気持ちは、誰しも持つものである——現実から目を逸らしたくなるタイミングは、人生にはあるだろう。折々にあるだろう。

わたしとて、自分の『よ過ぎる視力』を有する両目が、このままでは見えなくなるという現実に、ちゃんと向き合っているとは言いにくい……、他にも、不良くんの手料理によって飛躍的に上昇したわたしの体重値とか、なんだか慣れてきたけど改めて先輩くんの婚約者が小学生である危険性とか、生足くんがたまにわたしを女子として見ている気がするとか、天才児くんの専属ヌードモデルを務めているのは実は倫理的にまずいんじゃないかとか、そういう気付きからは、それとなく目を逸らしている。

なので、何があったのか知らないが、知らなかったことにしたい、しらばっくれたいということも、そりゃああるだろう。

だけど、知らなかったことにできない人だって、中にはいるはずである——たとえ、先輩くんの生徒会長時代に右腕だった、長縄さんでさえとぼけてみせるような事態の渦中においても。

つまり身内である。

家族ならばどうだ。

むろん、家族だって無視するときは無視するに決まっている——わたしの男装生活に、両親が、一切口出ししないのと同じように。

ぎゃんぎゃん口やかましかった頃よりもよっぽど重い空気が、我が家の食卓には流れている……、しかし、男装生活ならばまだしも、放任し、尊重してくれているのだと言えなくはないにせよ、これがもし、わたしが行方不明になったなら、さすがに家族は、ちょっとくらい心配してくれるんじゃないだろうか？

それでも『見なかったこと』にされるほどの不肖の娘でないと思いたい……、まあ、わたしの家庭の事情のことはいいのだ。

つまり、わたしが聞き取りを行うべきは、美少年探偵団のメンバーの家族なのだった――結論から言えば、それがリーダーの実兄、美少年探偵団の創設者である、双頭院踊だったというわけだ。

そりゃあ考えましたよ？　別ルートも。

生徒会選挙の際にお会いしたときに、決して好印象だったとは言いにくいお兄さまのところに行くのに、躊躇《ちゅうちょ》しなかったと言えば嘘になる……、わたしが人見知りで人嫌いであることを忘れてはならない。

相手が人間というだけで会いたくないのに。

けれど検討した結果だし、もっと言えば、検討の余地はなかった――不良くんと生足くんに関して言えば、わたしは彼らの家族をまったく知らない。ただ、要所要所でこぼれてくる情報を組み合わせれば、不良くんは恵まれた家庭環境で成育したとは言いにくそうだし、三回の誘拐歴を持つ生足くんの場合、行方不明が、家族ぐるみで慣れたものになっている可能性もある。

ふたりに比べれば、先輩くんと天才児くんの家については、多少知っていると言える――家と言うか、家柄《いえがら》と言うか。

はっきり述べると敷居《しきい》が高いお金持ちだ。

下手に近寄れば、財産目当てだと思われる恐れがある――と言うのは被害妄想の行き過ぎだとしても、そもそもガードが堅くて近寄れないというのはある。結果、わたしが行方不明になってしまっては目も当てられない。

指輪財団の運営にもかかわる天才児くんが行方不明になって、大騒ぎになっていないというのは、事情が通っているからと解釈すべきか?

事情――大人の事情。

裏道があるとすれば、先輩くんの婚約者である湖滝《こだき》ちゃんを通す道だけれど、美少年探偵団の正規のメンバーではない彼女をこの事態に巻き込むのは、正直、あまり気が進まない。

あえてまだ話を聞きに行ってはいないけれど、お家再興という使命を抱《かか》える彼女も、また『見なかったこと』にしているかもしれないと思えば、尚更《なおさら》だ――生意気で生意気で生

意気で生意気な湖滝ちゃんと言えど、わたしは小学生を追い詰めるようなことはしたくないのだ。

愛のない毒舌で返り討ちに遭いたくもないし。

そうなると、わたしはもうリーダーの家族に当たるしかなかった——その選択が、決して正解でないとわかっていても、だ。

部分点はもらえるかもしれない以上。

美少年探偵団の創設者——しかして、そんな『子供の遊び』を卒業した高校生。

こうして向かい合えば、尚更そうわかる——部分点どころか、わたしは決定的に、訊く相手を間違えてしまったんじゃないだろうか。

ただ一方で、弟が、そしてかつてのメンバーが行方不明になったと言うのに、その落ち着いた態度は、ただならぬものを感じさせるのだ。『誰それ?』という態度は取らず、彼らのことについて語っていることからも明らかなように、決してこの兄さんは、『見なかったこと』にしているわけでもない——どころか、よく見ている。ちゃんと見ている。

この『美観のマユミ』も、形無しなくらい。

「夢を壊すようなことを言っちゃったかな? だとしたらごめんね、眉美ちゃん。ただ俺は、本当の本当に心配なんだよ。きみが俺の弟を、そして弟のような後輩達を、過大評価しているんじゃないかって――彼らなんて大したことない、って言いたいんじゃないよ。彼らは大したものだけれど、けれど彼らくらいの大したものなら、どこにだっているってことを言いたいだけだ」

大したものでも、大したことがなくても、大差ない――と、夢を壊すつもりはないと言いつつ、なんだか、子供の夢を壊そうと一生懸命だと感じてしまう。サンタさんがいないことを、科学的に立証されている気分だ――いや、だから逆で、サンタさんはいないのではなく、サンタさんは両親の数だけいると、この兄さんはそう言っているのだ。

うーん、わたしにも兄がいるけれど……、やっぱり、結構タイプが違うな。そんなことは当然にしても……、どの口が言っているんだという感じだが、わたしの兄は、わたしから見ても幼いと言うか、ガキって感じで、高校生になってむしろ赤ちゃん返りしたようなところがあるけれど――団長の兄さんは、必要以上に、大人びているように感じる。

必要以上に。

昔の自分を恥じている。

美少年探偵団時代を、悔《く》いている――貴重な時間を無駄にしたとさえ感じているのかもしれない。変に大人ぶっているって意味じゃなくて……、だからこうしてわたしに、あの手この手で説諭するようなことを言っているのかも。

他の五人とは違って、入団したてのルーキーであるわたしなら、まだ間に合うんじゃないかという優しさ？

それとも、昔の自分への説教か。

……実際に気遣いならばありがたいけれど、ただまあ、だとしたらすっかり手遅れだ。わたしはとっくに、あの五人に感化されてしまっている――美少年探偵団のメンバーとなる以前の自分がどんな風だったのか、もうくっきりとは思い出せない。だけど、もしも恥じたり悔いたりすることがあるとすれば、その頃のわたしだ――決して、今のわたしではない。

今のわたしは、美しい。

「そうかい」

処置なしだね、とは、兄さんは言わなかった――呆《あき》れた風にさえ見えなかった。あえて言うなら、苦笑と言うか……、まあ子供だから仕方ないよね、と、諦《あきら》められたような感じだ。

きみはまだ子供だからそれでいいんだよ、と。

あしらわれてるなあ。

対等な会話ができていない――当たり前だが、この当たり前を、別の当たり前にしなくちゃなのに。

「生憎《あいにく》だけれど、俺は力になれないね。俺はもう、美少年探偵団のメンバーじゃないんだから……、助言をしてあげることはできない」

「……そうですか」

どうする？　退くか？　攻めるか？

財団が天才児くん捜索に――ソーサクの捜索に動かないのと同じで、実兄が実弟の救出のために動かないというのであれば……、心配する素振りさえ見せていないというのであれば、それはある意味、彼らの無事を暗示していると、言って言えなくもない。

むしろわたしのような粗忽者《そこつもの》が変に突っつくことで、事態が悪化の一途を辿る線も、なくはない――わたしが動いて物事が好転したことなんて数えるほどしかないのだから、ここはおとなしくしておくほうが利口という計算も働く。

しかし……、か、い、い、おとなしく？

大人しく？

そんなの、ぜんぜん少年じゃない。

それは利口なんじゃない……、小利口というのだ。

わたしは、大人びたこの兄さんとは違う。

大人びて、萎《しな》びて鄙《ひな》びたこの兄さんとは。

「残念です。だとすれば、わたしはこのまま、高等部で調査を続けるしかありませんね——わたしは瞳島眉美、皆さんご存知の双頭院踊が創設した、美少年探偵団のメンバーですと自己紹介をして」

「う」

初めてそこで、兄さんは、端正な顔立ちを歪《ゆが》めた——それこそ冷静に考えれば、行方不明になったメンバーは中等部四名と初等部一名なのだから、わたしが高等部で調査を続ける意味は皆無なのだが、そんなことはどうでもいい。

脅しになればいいのだ。

兄さんが美少年探偵団時代を恥じて、悔いていると言うのなら、それをただ空《むな》しく思うのではなく、取引に利用すればいい。

隠したがっている人から真実を暴くような真似はしたくないという気持ちに変わりはないけれど、しかしたとえそんなつもりは毛頭ない、気遣いの表れだったとしても、あなたはちょっと、メンバーのことを悪く言い過ぎた。

身内を下げて言うのは日本の謙譲精神ではあるが、それでも限度というものはある——

特にわたしにはある。クズを挑発すると何するかわからないんだぞ。それとも、わたしみたいな奴も、よくいるかい？

覚えておけ。

わたしは昔のあなたじゃない。

「そうだね。いないわけじゃないね、きみのような子も——そしてそういう子に相対した場合には、俺はたやすく屈するように心がけている」

大人だからね、と。

兄さんは取り直した——どうやらわたしが大先輩を動揺させることができたのは、ほんの一瞬だったようだ。

「眉美ちゃん。もう一度、美術室に戻りなさい」

「はい？」

「痕跡はなかったと言ったけれど——そんなわけがない。俺の弟が、そして俺の後輩が、姿をくらますにあたって、現場に何の手がかりも残さないなんてことが、あってたまるものか」

そんな風に、ようやくのこと。

創設者は、後進達を評価したのだった。

5　事務所跡地

なんだかんだで、結局、体《てい》よく追い払われたのと同じような感じになってしまったな――と、わたしは美術室で思うのだった。

ただのよくある美術室で。

いや、ただのよくある美術室と言えるほど、わたしは多くの美術室を知っているわけではない――兄さんのロジックに倣《なら》って言うなら、どんな美術室だって、たったひとつの特別な美術室なのだろうし。

たくさんあるたったひとつ。

ただし、少なくとも、ここがわたしが知っている美術室とは、すっかり違ってしまっているのは確かだ……、わたしの思い出と、まったく一致しない。

それは指輪学園全体についても同じだ。

わたしは、曲がりなりにも（ヘアピンカーブばりの曲がりなりにも）生徒会長なので、校内の情報にある程度アクセスできる権限があるのだけれど――もちろん、その権限を行使して、五人の美少年の行方を探ったりもしたけれど——、五人がいなくなったことで、指輪学園が、すっかり変わっちゃったなあと、そんな感想を持った。

女子生徒が黒ストを穿かなくなった、なんてのは、まあ、冗談で済むレベルのエピソードだとしても……、なんて言うか、うまく言えないんだけれど……、角が取れて丸くなっちゃったなー、みたいな。

つまらなくなったと言えばさすがに言い過ぎだとしても、何が起こるかわからない破天荒さが失われて、こぢんまりまとまっちゃった感が否めない。

それが悪いわけじゃなくて、どころか公平に言えば、前のほうが問題があったんだ……、何が起こるかわからない学校なんて、とんでもない。しかし、五人の美少年（中等部に限って言えば、四人）がいなくなっただけで、こうもがらりと、学園のありようは変わってしまうものなのか？

あるいはわたしが把握していないだけで、他にも学園からいなくなった、風変わりな生徒はいるのかもしれないにしても——うん、繰り返しになるけれど、現状が悪いわけじゃない。

むしろ、わたしがあの五人と無関係な生徒だったなら、『これでやっと普通の学校になった』と、ほっと一息、胸を撫《な》で下《お》ろしたくらいだっただろう。

そういう意味では、美少年は全員、問題児だった……、団員でありながらわたしが排除されていないのは、たまたまそのとき遠征していたからか、それとも、そこまでの問題児ではないと見なされたからなのか……。

でも、なんだろうな。

活気がなくなったのは間違いない。男子も女子も、一年生から三年生まで、全体的に勢いを失っている。

精彩を欠くとはこのことだ。

髪飾《かみかざり》中学校やアーチェリー女学院のそれとは種類を別にするとしても、これはこれで退廃なんじゃないだろうか？　この出来事を胎教委員会の仕業であると考える証拠はないにしても……、退廃だとすれば、それ自体が証拠になる。

そんなことを企図する組織が、ふたつもみっつもあってたまるもんか。

どんな何かもたくさんあるとしたって、ひとときにひとところにはないだろう。

かねてより、生徒会長や番長や生足や天才児を扱いかねていた先生がたは、単純にいろいろやりやすくなったみたいでご機嫌だけれど……、一方でどこか、物足りなさも感じているはずである。

先生は問題児ほど可愛いって奴。

口が裂けても生徒にそんな内心は吐露しないにしても……、これで本当にいいのか？

双頭院踊が、中等部を卒業して、大人になったように——学園が大人になったのだとすれば、言祝《ことほ》ぐべきなのか？

美少年探偵団がティータイムを過ごすことも、さりとて授業に使われることもない、こんな空疎な美術室からも、わたしは美点を見出すべきなのだろうか——『美観のマユミ』として。

『美観のマユミ』として？

「……そうだ」

痕跡は何も残っていないように見える。一見。

大時計が残っていれば、その中にメッセージが仕込まれているとか、彫像が残っていれば、その中にマイクロチップが埋め込まれているとか、冷蔵庫が残っていれば、その中に氷漬けの宝箱が隠されているとか、そういう探偵団っぽいこともあるかもしれないけれど、そもそもそんな手がかりに至る足がかりがないのだと、兄さんを責める気持ちになった……、ただし、そう言えば、一ヵ所、あったな。

隠し場所と言うか……。

事実、隠されていた場所が。

今はこうして失われてしまった天井絵を描いていたときのことだ、わたし達は美術室の天井裏に隠されていた、大量の絵画を発見した――詳述は避けるが、そんなこともあった。

天井裏か……。

逡巡《しゅんじゅん》して、わたしは眼鏡を外した。

思いついてしまった以上、確認を怠るわけにはいかないけれど……、天井絵が処分されているのに、天井裏が着手されていないとは考えにくいよなあ。そんな手抜かりがあるとはとてもとても……。

案の定、『よ過ぎる視力』を行使して見透かした天井裏には、何もなかった――配線やら鉄骨やらがあるだけの、普通の天井裏だった。

何も隠されてなんていない。公明正大だ。

普通の天井裏であり、普通の床下――床下？

うん、そりゃ、最上階でもない限り、どこかの天井裏は、どこかの床下である……、そんな二面性を帯びている。そういった当たり前の連想に、どうしてわたしは今、ちくりと引っかかった？

決まっている。

この美術室では、床下に関するエピソードもあったからだ——そちらも詳述は避けるけれど、美術室の床に大穴が空くという事件があったのである。

大穴……。

我々の作品である天井絵とは違って、そちらの穴については、すぐに修繕した——なにせ美少年探偵団のメンバーには美術班がいるのだから、そのくらいの図画工作ならば、お手の物である。わたしの視力をもってしても、どう直したのかわからないくらいに、天才児くんは原状回復してみせた。

原状回復。

つまりそれは、元通りという意味で……、美術室通りの美術室に直したのならば、どうだろう、その後の改装においても、手を加えられはしなかったのでは？　五人の荒くれ者達によって、改装を通り越して改造されまくった美術室は、あえなく元通りにされてしまったけれど、ふかふかの絨毯《じゅうたん》に覆《おお》われていたため、唯一元から元通りだった床面だけは、手をつけられていないんじゃないか？

「…………」

それでも、ダメ元のつもりだった。

自分のアイディアに過度な期待をして、無惨にも裏切られるのはうんざりだった……、なので、天井裏を確認したあと、まだ眼鏡をかけ直していなかったので、たまたま下を向いたら視界に入ったんだくらいの心持ちで、そんなふりをして、わたしはわたしの視力で、床下を見た。

見た。

そして。

6 天地開闢

そして、床下にあったのは、やはり絵画だった——いや、やはりも何も、万が一に賭《か》けるつもりさえなかったわたしに、読みがあった風なことを言う資格はあるまい。これはただのまぐれ、控《ひか》えめに言ってもラッキーな出来事でしかない……、この発見は、自慢げに言うようなことではない。

それでも、もしもわたしに手柄《てがら》のようなものがあるとするなら、床下に仕込まれたその絵画を、床を破壊することなく、鑑賞することができるのは、世界でわたしだけだと言う点だ——いや、兄さん曰《いわ》く、特別なんてありふれているらしいので、『世界で』は言い過ぎかもしれない。

この学園でわたしだけだ、くらいに表現をとどめておこう……、なかんずく、変わり者が五名いなくなった、今現在のこの学園内では。

元々、わたしの『よ過ぎる視力』は、透視能力ではなかった――けれど、美少年探偵団のメンバーとして野放図な乱用を続けるうちに、かなりそれに近いことができるようにもなった。

昔だったら、美術室の床下に、四角いカンバスのような物体がある――くらいまでしかわからなかっただろうけれど、今となっては、校舎の床板なんて、ないも同然にお見通しだ。

屈折さえ起こらない。

ちなみにこれは、かかりつけのお医者様から、絶対にやってはならないと言われている種類の視力の行使である――非常事態ゆえにと言い訳したいところだが、残念ながら、わたしの左右の眼球も、常時、非常事態なのである。

くそう、美術室に備え付けの、普通の工具を使っても、床板を剝《は》がすことくらいはできたのに……、ついつい反射的に目を凝《こ》らしてしまった。視力の寿命も、わたしの寿命も、みるみる縮んでいくようだ――こんなの、来年度どころか、この瞬間に失明したって不思議じゃない。

仕方ない、いいように考えよう。

これを手柄と定義するのだ。

もしも床板を剝がすような『賢明な暴挙』に出ていたなら、この発見は、わたしだけのものではなくなっていたかもしれない……、痕跡の残らない美術室で、わたしが何か手がかりを発見したという痕跡がありありと残ってしまう。

胎教委員会が、わたしのような者に見張りをつけているとまでは思わないけれど……、この発見は、独占しておいたほうがいい。

同時に、浮き足立つのもまずい。

なぜならこの床下に隠されていた絵画が、天井裏に隠されていた大量の絵画と同系統の、五人の美少年の行方不明とは何ら関わりのない絵画である可能性は無視できないからだ——いや、天井裏の絵画と作者が同じということはないか。

もう結構前のことにはなるが、かつてこの床に大穴が空けられた際、わたしは一度、床下をチェックしているはずだ。はずと言っては頼りないが、それでもそのときはこの絵画は絶対になかった……、だからと言って、この絵画が手がかりであると、勇み足気味に決めつけるわけにもいかないが。

ただ、頼りがこれしかないのも確かだ。

そして、妙に暗示的な絵画だった――このレベルの絵心を持っているのは、美少年探偵団の中では天才児くんだけのはずだが――それは、星空の絵だった。

天井にも星空を描いて、床下にも星空の絵画を仕込んでいたというのは、妙にロマンチックな趣向である――と言いたいところだが、考えてみれば、足下に星があるのは当たり前か？

地球は丸くて、宇宙は全方位に広がっているのだから……、宇宙が真上にしかないという価値観は、兄さんの言葉を借りるなら、視界が狭い。広角と言うか、三百六十度カメラで見るのなら……。

ただし、かつてあった天井絵に比べて、そのカンバスに描かれているのは、妙な夜空だった……、妙と言ったら言葉が悪いかもしれないけれど、要するに、違和感がある。存在しない星を求めて夜空を観測し続けてきたわたしだから、ちょっとした違いに、敏感に反応してしまっているのかも――本当にそうか？

本当にちょっとしているか？

すんでのところで、わたしは気付いた。

案外、視力をフル活用しての絵画鑑賞だったからこそ、それに気付けたとも言える……、床板を剝がしてじかに見ていたら、眼鏡越しに普通に見て――見過ごしてしまっていたかもしれない。

気付いたのは絵画の凹凸だ。

もっと言えば、凸だけだ。

いや、もちろん、絵の具を使って描かれている絵画であって、プリンターで印刷したそれではないのだから、隆起が生じるのは当然である……、色を何重にも塗り重ねることで、立体感と言うか、絵に奥行きが出たりもするのだろう。

ただ……、描かれた夜空の、星の描写だけが、わずかに出っ張っているのはどういうことだ？　厳密に言うと、一ミリ……、それ以下か、ともかくわずかに出っ張っている星と、そうではない星が混ざって描かれている満天の星だった。絵の具を塗り重ねたことによる出っ張りと言うよりも、中にビーズでも埋め込んでいるかのような——実際に埋め込まれているわけじゃないんだけれど（『見』ればわかる）、そのほのかな立体感はどういう意図だ？

星のすべてがそう描画されているのであれば、まあそういう技法なのだろうと納得もできるけれど……、そうである星とそうでない星があるのには、いわゆる美術のテクニックとは違う意図があるように感じる。ビーズは埋め込まれていなくても、メッセージが埋め込まれているような——

「……あ」

だとすれば。

だとすれば、わたしが向かうべきは兄さんから勧められたこの美術室ではなかった。

わたしの目的地は——図書室だ。

7　星空のメッセージ

美少年探偵団のハーマイオニーと呼ばれていることからもわかるように、わたしは知りたいことがあれば図書室に行く——今回知りたかったのは、つまり求めている本は、点字辞典である。

わたしが現在抱える個人的な事情を差し引いても、中学校の図書室にはあってほしい本だ。その点で、我が校の図書委員はいい仕事をしていた……、あるいは、先代の生徒会長なのか、それとも、先々代の生徒会長なのか。

ともかく欲しかった本を借りることに、わたしは成功した……、これで、床下に展示されているあの絵画を、読み解くことができる。

なんのことはない、違和感のあった星空の描写は、つまり点字だったのだ——夜の空をありのままに描く写実派の作品ではなく、メッセージの込められた、いわば手紙だったのである。

絵葉書だ。

星々の一部が——約半分くらいがカンバスから隆起していたのは、ダミーに惑わされず、その星だけをピックアップして、指先でなぞるように読むためだった。

そう言えば美術館でも、彫刻をじかに触らせて、つまり触感で鑑賞させる展示なんかがあるそうだけれど……、本来は絶対的にドントタッチであろう絵画に、触れなければ読み解けない点字を織り込むというのは、なんとも奇抜な発想である。

天才児くんのアイディア……、ではなく、これはむしろ、不良くんあたりか、そうでなければリーダーの考えという気もする。変に知識があったり、固定観念や常識に縛られていたりしたら、逆立ちしたって思いつきそうにない——まあ、それはいつか訊けばいいとして、確実に特定できるのは、このメッセージが、わたしに向けられたそれであるという事実だ。

なぜなら、点字は元々、視力に頼らない文章を記述するための文字なのだから——乱用しようと自重しようと、遠からず失明する定めにあるわたしにとって、極めて重要な文字である。

だから本来ならば、図書室に行くまでもなく、その場で読み解けていてもよかったくらいである……、美術室よりも図書室に向かうべきだったという修辞的表現は、そういう意味では完全に誤っているのだった。だいたい、美術室に来なければ、問題の絵画を発見できていないのだから。

そうなると、床下に絵画を展示したことからして、メッセージがわたしだけに向けられている証左だったとも言える——あの位置に隠された絵画を発見できるのは、たぶんわたしだけだ。少なくとも最初に発見できるのは。

もっとも、そうなると、どのタイミングで彼らが、星空の絵を床下に仕込んだのかが気になってくる。

わたしが遠征している間に絵を描いて、その絵をあの位置に隠すだけの余裕があったのなら、別のこともできたように思う——要するに、わたしに普通にメールを送るとか、そういうことも。

遊び心かな?

確かに、美少年探偵団の団則にのっとるならば、かような込み入った暗号制作は、第三則に従っていると言えなくもない……、探偵であること。不必要でさえある子供っぽい真似だと断ずるならば、第二則も適用されているわけだけれど——ともかく、美術室に戻ったわたしが点字辞典と首っ引きで、床下をじりじりと見透かし続けた結果、現れたのは次のような文字列だった。

透視はできても透過ができるわけではないので、床板をすり抜けて絵画にじかに、指先で触れるわけにはいかないゆえに、解読にはやや時間を要したが――『ノラマトウ』。

そんな単語だった。

いや、それをそれと知らなければ、その五文字を単語だとも思えなかっただろう――誤読だったのか、そもそも点字の暗号が仕込まれた絵画だという読み自体が見当外れだったのか、そんな判断を迫られることになったに違いない。

けれどわたしは知っていた。

ノラマトウ――まるで吸血鬼の一種のようでもあるその名前が（ノスフェラトゥ）、滋《し》賀県琵琶湖《がけんびわこ》に浮かぶ……、否、琵琶湖に建造された、人工島の名称であることを。ちなみに、野良間島《のらまじま》というのは、あまり使われていない正式名称であって、多くの場合その島は、頭に一文字付け足されて、こう呼ばれる――現代のパノラマ島。

なんのことはない、わたし達美少年探偵団の、冬期合宿の行き先である――所以《ゆえん》は定かではないし、誰のどういった意図が働いているのかはさっぱりだけれども、わたしの目に狂いがなければ、五人の美少年は、あの芸術の島を再訪している。

「ふう」

と、わたしは嘆息した。

これからの行き先が見えたことに対する、安堵《あんど》の息ではあった——しかし同時に、帰る先の見えない片道切符を、迂闊《うかつ》にも購入してしまったような不安感を隠しきれないため息でもあった。

8　パノラマ島の再訪

既刊はすべて読んでいるけれど、例外的に『パノラマ島美談』だけは未読であるという例外的な読者のために、当該書籍の梗概《こうがい》を手短にまとめておくけれど、一応言っておくと、あのエピソードが我々の歴代最高視聴率を記録した番組なので、たぶん、そこは普通に読んでもらったほうが嬉しい。

美術室の天井裏に、大量の絵画が隠されていたことはもう語ったけれど、誰あろうその作者こそが、かつて指輪学園で教職に就いていた美術の先生、永久井《とわい》こわ子《こ》先生である——絵にも描けない不祥事を起こして学園を追放される羽目になったその教師の避難場所として、琵琶湖の中央に構築されたのが、人工島・野良間島なのだ。

避難場所と言うか。

芸術家を囲う、新たなる監禁場所とも言えた。

近畿地方《きんきちほう》を牛耳《ぎゅうじ》る野良間一族を、パトロン——後ろ盾とすることで、彼女は学園からの追っ手を躱《かわ》したわけだが、逆に、野良間一族のはぐれ者、野良間杯《さかずき》に囲われてしまう結果となったわけだ。

以来、こわ子先生はその無人島で、細々と——と言うには、あまりにも無尽蔵の投資を受けて、図太く独自の芸術活動に興じていた。

学園を未曾有《みぞう》の不祥事で追放されたことからもわかるよう、こわ子先生はこわ子先生で逸脱した教師であり、逸脱した芸術家だったので、そんな風に世間から隔離されたのは、ある意味でバランスが取れていたとも言えるけれど、そういう世間知と無縁なのが我々美少年探偵団であって、その島で冬期合宿をおこなった結果——彼女が島内に建設した五つの美術館を巡る対決をおこなった結果、永久井こわ子先生は、野良間島から、そして野良間一族からも、永久に逃走することに成功した。

囲われた芸術家であるよりも。

先生は、自由な逃亡犯であることを選んだのだ——そんなこんなで野良間島は、シェルターとしての役割を終え、本当の意味での無人島と成り果てたはずで……、そういう意味では、わたしとしても、また美少年探偵団としても、もう二度と訪れることがないだろうと思っていた特定の座標ではあったので、わたしの視力をもってしても、盲点の中の盲点と言えた。

そこはかとない不安感は否めないが、見て見ぬ振りはできないし、ここまで踏み込んでしまった以上、もちろん躊躇なくわたしは野良間島へ向かうのだけれど……、情緒的な気分の問題はともかくとして、現実的な問題もあった。

島までの交通手段はどうするの？

当たり前だが、定期便など出ているはずもない。

前回、島に乗り込む際には、豪奢なことにヘリコプターを使った——けれど、冬期合宿の誇るべき成果として、わたし達はかの機体を失っている。

なので帰りはＤＩＹで筏《いかだ》を作って帰還した。

あの筏、どこにやったっけ？　二度と使うことはないと思っていたから、解体して廃棄したような——いや、仮に残っていたとしても、六人がかりで漕《こ》いだからこそ、わたし達は琵琶湖を渡れたのだ。たとえ男装していようと、わたしの白魚のような細腕で、上陸できるかどうかと言えば——白魚のような細腕っていう表現、あってるっけ？

指に使う表現？

とんとん拍子《びょうし》で進まないのはいつものこととは言え、ここでもたもたしていたくはない——一刻も早く美少年たちと合流するために、出し惜しみはよそう。ひとりのときも団《チーム》とは言え、いい加減、単独行動にも飽きてきた。

最後の手段を、最初に使う。

9 瞳島眉美、最後の手段

翌朝、わたしは野良間島の土を踏んでいた。

とんとん拍子どころか、レコードの針が飛んだかのようなスピード展開である——もっとも、わたしはレコードを見たことがないし、レコードの針も見たことがない。針が飛ぶって、鬼太郎みたいなこと？

回転する円形を針でなぞって音楽を奏《かな》でるなんて、語弊はあるかもしれないけれど、CDやDVDよりも、よっぽど魔法みたいに思えるガジェットである——卓越した科学は魔法と区別がつかないと言うけれど、旧時代の科学だって、仕組みがわからなければ、やはり魔法である。

こわ子先生がこの島に建築した五つの美術館には、そんな新旧の風刺も込められていたようにも回想できる——さておき、わたしがどのような手段でもって、琵琶湖の中央に降り立ったのか、こうなると説明しないわけにはいかないだろう。言っておくが、魔法ではないし、卓越した科学でもないので。

それに、わたしも気持ちを落ち着けたい。

野良間島の、現在のありさまを描写する前に——わたし達が訪れた年末年始と比較すると、まるですっかり様変わりしてしまったありさまを、写真に撮ってインスタにアップする前に。

琵琶湖の中央に位置する人工島。

吊り橋《つばし》やらの陸路で繋《つな》がっていない以上、ルートは空路か海路に限られる——前回は、行きは空路(ヘリコプター)、帰りは海路(筏《いかだ》)だったわけで、いやまあ、厳密に言えば琵琶湖は湖であって海ではないので、海路という表現は間違いなのだけれど、これだけ広大ならば、海でもいいだろうというのがわたしの意見だ。

瀬戸内海《せとないかい》より広いんじゃないの?

もしもわたしがサーファーだったら、たとえひとりでも波に乗って到達することができたかもしれないけれど、わたしがサーフボードの上でできることと言ったら、ヨガくらいのものである。

つまり、人の手を借りるしかない。

更に仮定の話をするなら、わたしが指輪財団と良好な関係を築いていたなら、ヘリコプターなりプライベートジェットなりをチャーターするというプランもあるにはあったが、天才児くんの悪友という立場であるわたしと、かのファウンデーションとの関係は、良好どころではない。

悪友って言うか、実質、マネキンであり、ヌードモデルだけどね。

サーファーであるよりも、仮定度が高い。

なので、ターゲットキリングの対象にされていてもおかしくないわたしは、良好ならぬ、嫌悪の選択肢を選ばざるを得ない——嫌悪と言うより、犯罪集団と言ったほうが正確だろうか。

それも正確ならぬ、悪確である——犯罪集団『トゥエンティーズ』。

物を運ぶプロであり——人を運ぶプロ。

合法非合法を問わず、もとい、ほとんど非合法ではあるものの——悪の運送業者と言えば、多少は聞こえがいいだろうか。

よくないよね。

生涯で三回誘拐され、現在、四回目の被害に遭っているかもしれない生足くんを知る身では、こんなことを言っても何の自慢にもならないけれど、ここだけの話、わたしも彼女達に、学校帰りに『運ばれ』そうになったことがあるので、その実力には折り紙をつけることができる――『彼女達』。

うっかり先に言ってしまったけれど（やはり今のわたしはクールじゃない）、『トゥエンティーズ』の首領は女性で、名字なのか名前なのかは定かではないが、麗《れい》さんという美貌《びぼう》の持ち主である。

美貌と、知力の持ち主である。

あろうことか、わたしを遥か宇宙空間まで運搬しかねなかった彼女ならば、琵琶湖の真ん中に孤立している人工島まで移送することなど、朝飯前の軽いストレッチみたいなものだろう。

いくら手詰まりだからと言って、犯罪者の手を借りるなんて探偵団としてあるまじき行為であるという葛藤《かっとう》が、このわたしにもまったくなかったわけでもないけれど、まあでも、多少イリーガルな手段を行使できることが、法執行機関の人間ならぬ、探偵の利点であるとも言える。

未成年――少年の利点とも。美少年なら尚更か？

そんなわけで、わたしは『トゥエンティーズ』と手を結び――ああ、その前に、どうやってその犯罪集団にコンタクトを取ったかを説明しないと。

駄目だ、混乱で段取りがうまく構築できない。

えーっと、確かにわたしは麗さんのラインを知っているわけじゃないのだけれど――知っていても、スマホを持っていないのだけれど、麗さんと協力関係にあるどなたかとの、ホットラインを有していた――たったそのためだけの子供ケータイを、ある組織から貸与されていた。

チンピラ別嬪隊《べっぴんたい》という組織から。

日常的に『トゥエンティーズ』とイリーガルな取引をおこなっていた髪飾中学校を統《す》べる遊び人、札槻嘘《ふだつきライ》から――ああもう、よくない傾向だなあ。

星空の描かれた天井絵にせよ、床の大穴にせよ、みんなで行った冬期合宿にせよ、『トゥエンティーズ』にせよ、チンピラ別嬪隊にせよ――この、今までの出来事が、伏線として綺麗《きれい》に回収されていく感じ……。

立つ鳥があとを濁《にご》さないように。

あるいは、お茶を濁すように。

わたしは今、最終回に向けての正統なルートを歩んでいるのか――それともこれが、死の直前に見るという、走馬灯なのか。

10 新・野良間島

だが、少なくとも今、わたしが上陸した野良間島で目にしているのは、走馬灯ではなかった――そこにそびえ立っていたのは、巨大な五重塔《ごじゅうのとう》だった。

五重塔。

前にこの土地を訪れたときには、土台さえなかった建築物である――日本を代表する建築様式で、意外と現代でも応用されているそうだが……、ちょっと見ない間に、古式ゆかしい五重塔。

それでいて巨大。

五階建ての建物が巨大なのは当たり前だろうと強い叱責を浴びるかもしれないけれど、そんなスケールじゃなくでかい――ビッグライトを浴びせられたんじゃないかというくらいにでかい。

全盛期の頃のライトノベルだったら、『五重塔』の三文字が、百ポイントくらいのフォントで一ページに一文字ずつ記載されていたであろう五重塔である――これまでの人生で、わたしが知るもっとも巨大な建物と言えば、そりゃあ指輪学園の校舎になるのだろうけれど、そんな校舎も、この五重塔の前では、ウサギ小屋と言われてしまって反論できない。

なんならちょっと怖い。

建物自体も怖いし、ほんの一ヵ月か二ヵ月で、こんな規模の建築がおこなわれたという事実も怖い——ただならぬ意志を感じ、圧倒させられる。

一体全体、どれだけのマンパワーと財力が費やされたのか——いや、それを言い出したら、その五重塔が建っているこの島自体が、無尽蔵に財を投じられた、超巨大な人工物ではあるのだが。

「こんなことなら、必要なかったかもね——隠《かく》れ蓑《みの》なんて」

島内への不法侵入をしておきながら、余裕で棒立ちになっていられるのは、わたしが今、ストールをかぶっているからである……、科学の粋を集めたストールで、それをかぶれば、視認できなくなるという驚きの軍事兵器だ。

遊び人の札槻くんから託されたアイテムのひとつである——アーチェリー女学院では今ひとつ出番がなかったけれど、この本格的な侵入任務で、スーパー兵器を活用しない理由がない。わたしはそこまでつつましくない。

これもまた、やり残しのない伏線の回収のようで、不気味ではあるし、また、こんな巨大建造物の前では、根暗なわたしの存在感など、裸でいたって、あってないようなものだけれど。

いや、そうとは限らないか。

建物があるということは、人がいるということだ——ただならぬ意志を持った人が。

なので、決して的外れじゃなかった。

犯罪者や遊び人との取引も、無駄じゃなかった——主《あるじ》の去った無人島を今更のように再訪して、無人島はやっぱり無人の島で、ただただ呆然《ぼうぜん》とするという展開は避けられたということになる。

違う意味で呆然としているが。

「大変なことが起きている……、帰ろうかな」

だが、片道切符である。

残念ながらわたしが私財を投げうっても、『トゥエンティーズ』の運送料を、半分しか払えなかった——つまり、復路のチケットは持っていない。しかも投げうったその私財とは、札槻くんから託されたアイテムの、隠れ蓑以外のすべてなのだ……、便利な反則アイテムがひとつ残っただけでも僥倖《ぎょうこう》と考えるべきだろうか。

なので、帰れない。

帰りたくとも帰れない。

前と同じように、筏を作りでもしない限り――要するに、人手と人力を募るためにも、五人の美少年の救出が、わたしにとって絶対的な任務と化した。それができなければ、わたしは永遠に、この島に囚《とら》われることになる。

そんな形でこわ子先生を継ぎたくはないよ。

サバイバルの才覚はない。二日ともたない。

さしあたっては、この五重塔をどう攻略するか……、まさか、一階につきひとりの敵が構えていて、ひとり倒すごとにひとりの美少年が解放されるというシステムではあるまいが……、でもこれが、事態に完全に無関係であるはずもない。

直面している。

しかし……、ワンフロアにつきひとりの敵、ひとりの人質というドラマツルギーは戯言《たわごと》としても、どうしてもこの五重塔を見ていると、この島にある五つの美術館のことを、連想せざるを得ないな……。

烏《からす》館。孔雀《くじゃく》館。雲雀《ひばり》館。白鳥《はくちょう》館。鳳凰《ほうおう》館。

子飼いにされたこわ子先生が、パトロンからの湯水のような資金を使って建設した五つの美術館……、それぞれにテーマを設けられた、たった一枚の絵画を展示するためだけの、贅沢《ぜいたく》なミュージアム。

なので、この巨大建築も、こわ子先生の作品なんじゃないかという妄想が、むくむくとわたしの中で膨《ふく》らんでくる——五つの美術館が合体して、最強の美術館が完成したんじゃないかなんて、特撮みたいなアイディアさえ。

もちろん、どれだけ膨らもうと、妄想は妄想の域を出ない……、この五重塔がこわ子先生の作品であることなど、ありえない。彼女はこの野良間島を去って久しいのだ……、野良間島どころか、日本列島内にいることさえありえない。

逃亡犯である。

真犯人は現場に戻るが、逃亡犯は別であろう。

ただ、だからと言って、この五重塔が、種も仕掛けもない、ただの背景としての建物だという線は、やはりどう楽観的に考えてもありえないわけで……、こわ子先生の美術館に挑んだとき以上の覚悟をもって、わたしは踏み入らねばならない。

装備は『よ過ぎる視力』と、隠れ蓑だけ。

味方は——五人。

この島と、心の中にいる。

わたしは腹をくくって、五重塔へと近づくのだった……、『トゥエンティーズ』はわたしを、人目につきにくい、建物の裏側へと上陸させてくれていた。まあ、五重塔に表とか裏とかがあるのかに関しては知識がないし、どっち道これくらい巨大になると、表も裏も縦も横もないように感じるけれど……、ともかく、この建築スケールでは、建物を迂回《うかい》するだけでも、半日くらいかかりかねない。

後ろめたいところがあるわけではないが、裏口からお邪魔するとしよう――後ろめたいも何も、野良間一族に所有権のある人工島にこそこそ上陸した時点で、わたしは不法侵入罪を盛大に犯してしまっているのだけれど、それはいったんスルーする。

元は芸術家の監禁場所だったとは言え、監視カメラがそこら中《じゅう》に設置されている――というタイプの島ではなかったはずだが、それはあくまで、数ヵ月前のデータである。情報としてあまりに古い。

軍事兵器の隠れ蓑が、どこまで有効かということは、常に考えておかないと……、きっとスマートフォンとかもそうなんだろうけれど、自分でも仕組みがよくわかっていないものに、過度に依存することは、極めて危険である。

見上げるばかりの五重塔だったが、岩場を登って近づいてみると、特に塁壁のようなものので、囲われてはいなかった――厳重な警備という風ではない。とんとん拍子と言うか、これは拍子抜けな感もある。

木造建築であることも相まって、牧歌的と言うか……、監視カメラどころか、これではまったく不法侵入者を想定していないようでもある。

罠《わな》を疑いたくもなるけれど、これが罠なら、わたしは普通に壁で囲われていたほうがよっぽど困っていたくらいである——たとえ視力が100・0くらいあっても、運動神経がアップするわけじゃないので。

ボルダリングは得意中の得意ではない。

銃弾が見えても、避《よ》けられるわけではないって話——垂直な壁を乗り越えるパワーなど、望むべくもない。

そんなわけで、合言葉も、網膜認証も、レベル4の権限を持つカードキーも、手荷物検査もなく……、もちろん警備員の目を巧みにかいくぐることもなく、わたしは五重塔に接近できた……、たやすく、とは言うまい。

それこそ馬鹿馬鹿しい妄想だが、地面に地雷が埋め込まれたりしていないかと、視力を行使したりしたので、それなりに疲れたのである。

むろん、地雷もトラバサミも埋められてなかったし、現実的な線では圧力センサーもなかったし、そして裏口もすぐ見つかった——その引き戸には鍵《かぎ》もかかっていなかった、と言うか、そもそも鍵がかかる構造の戸ではなかった。

なんならちょっと半開きだった。

昔ながらの日本家屋にありがちな、開放感である。

ここまで来ると罠どころか、まるで不法侵入者を歓迎しているようでさえあるが、これが挑発なら、わたしは乗らないわけにもいかない——おっかなびっくり、わたしはそれでも一応は念のため、半開きの戸に触れないように身体《からだ》をよじるようにして、五重塔の内部へと這入《はい》った。

真上から黒板消しが落ちてくるかもしれないもんね。

11 疑問

話は逸れるが、木造建築であるという点が、この五重塔の、もっとも異質な点かもしれないと、わたしは思う——五重塔は普通木造建築だろうと、わたしも最初は自然にそう受け止めたけれど、実際に間近で見てみると、いったいこの建物のために、何本の、いや何千何万本の樹木が伐採されたのかという疑問を、感じざるを得ない。

自然に、と言うか、自然破壊だ。

石だろうと鉄だろうとコンクリートだろうと、大量に使用されれば、それは環境への圧力になるけれど、木材というのは、ちょっと一線を画している感じもある——地球温暖化問題にかかわるという点もあるし、それ以上に、植物は生き物である。

どれだけの命が、この建造物のために使用——浪費されたのかを考えると、恐怖さえ覚える。これがマンモスの骨で建てられた住居だと想定すれば、わかりやすいだろう……、超スケールの五重塔なんて建てたら、それだけでマンモスが絶滅する。

いや、何もわたしは、植物を保護するために、こんな非道な建物は許すべきではないと言いたいわけではない——木の温かみとか、癒やしとか、そういうのは本当にあると思うし（たとえそれが、死後のぬくもりだったとしても）、木造建築が主流だった時代を知らないわたしでも、落ち着くと思ったりはする。

風流だとも思う。

こういう状況でなければ。

ただ、これだけの建物を作るための木材を、いったいどこから調達したのかという疑問は、現代っ子として感じざるを得ない……、たとえ『トゥエンティーズ』だって、その運搬は、朝飯前のストレッチとは言えないんじゃないだろうか？

お金で済むことじゃなさそうだ。

通販かな？

こうして周囲を見る限り、島内の樹木を利用したってわけでもなさそうだし……、これだけの建築を、誰にも気付かれることなく完成させたというのは、一夜城以上に、ありえないことだ。

……誰にも気付かれることなく、では、ないのかもしれない、つまり。

たかがわたしが知らなかっただけのことを、そんな風に広く一般化するのはなかなか傲《ごう》慢《まん》である——それだけの木材を、つまり命を使用することが許されるくらいのプロジェクトが、この島で進行していたとしても、わたしだけが知らなかったということはありえる。

わたしへの報告義務なんてないんだから。

高度な情報化社会ゆえに、うっかりすると自分はなんでも知っている、その気になればなんでも知れると思いがちだけれど、意外と知らないことばっかりなんだ、世の中は。無知の知という卓見は、案外、今こそ生きてくる言葉なのかもしれない。

要するに、五重塔の内部に這入り込んだわたしは、まるで一本の巨大な樹木の、幹の中に潜った虫みたいな気持ちを味わったと言いたかったのだ——なにせ内部も、樹木尽くしだったもので。

鉄の一片どころか、ガラスさえ使われていないんじゃないかというくらいに徹底している……、ここまで来ると、屋根に使われていた瓦《かわら》だって木製なんじゃないかと疑いたくなる。

が、しかし、実はそこは本題ではないのだ。

もっとも異質でも、もっとも本質ではない。

樹木の伐採という社会問題をらしくもなくわたしが提起したのは、厳しい現実と向き合うためではなく、むしろ現実逃避だった——それだけ、五重塔内部の様相は、奇妙だったということである。

わたしと来たら、知らない間にどこでもドアを開けてしまったのかしらと思ってしまったくらいだ——それとも、ここまでの道程はすべて夢で、思春期特有の冒険の夢で、わたしは指輪学園から一歩も踏み出しちゃいなかったんじゃないのかしらと、そう思ってしまったくらいである。

と言うのも。

五重塔の中身は学校だったのである。

教室があって、机があって、椅子《いす》があって、教壇があって、黒板があって、廊下があって、靴脱ぎがあって、職員室があって、体育館があって、図書室があって、音楽室があって、美術室があって、焼却炉があって——いや、焼却炉という施設はわたしは初めて見たけれど、同様に、我らが指輪学園では、音楽室や美術室はすっかり形骸化《けいがいか》しているけれど、ともかく、学校である。

何より、生徒も教師もいた。

わたしが前に訪れたときには、島の住人はこわ子先生ひとりであり、まあ事実上の無人島だったわけだが——その様相は一変していたわけだ。

がらりと——否、ぐるりと。

現在のわたしは透明人間みたいなものだから、気をつけて歩かないと、すれ違うときにぶつかってしまいそうなくらいの人口密度が、五重塔内部——校内では、展開されていた。

学ランとセーラー服という古風な姿の生徒達は、わたしと同世代で、たぶん中学生だろう……、教師陣の服装も、スーツやジャージという、昔ながらの教師像を体現しているようだった。

木造建築と同じで、知りもしないのにノスタルジィを感じてしまいそうになるけれど……、どこでもドアを開けたんじゃなくて、わたしはタイムマシンに乗ってしまったのか？

わたしがこれまでに見た一番巨大な建築物は学校だったと言ったけれど、この五重塔も、結局は学校だったわけだ——確かに、指輪学園に何棟かある校舎を、すべて足し合わせれば、この五重塔のサイズに漸近するのかもしれない。

合体しての、巨大ロボット。

怒濤《どとう》の展開に、着地点がまったく見えてこない……、混乱に拍車をかけるのは、そんな風に学校として見るなら、あくまで古式ゆかしいだけで、割と普通の学校にも見えるからだ。

島の学校ってだいたいこんな感じだよと諭されたら、まあそんな感じなのかな? と、質疑応答なしで納得してしまいそうでもある——荘厳な外観はともかくとして。

たとえば髪飾中学校の退廃ぶりは目も当てられないものがあった……、男子は全員スカジャンを着て、女子は全員バニーガールだった。アーチェリー女学院もしかり。すんでのところで食い止めたけれど、危うくあの名門校は、生徒全員の、ヌード写真展を発表するところだった。

それに比べれば、と言うのも変だけれど、それに比べれば、学ランやセーラー服は、古めかしさもいっそ味わいである——少なくとも、現代建築に対して、木造建築を退廃とは言えまい。その点に限ってはわたしらしさを発揮してうだうだ言ったが、基本的には保護すべき文化であり、文化遺産なわけで……。

で、授業風景もまともである。

やはり髪飾中学校のように、廊下でたむろしている生徒もいなければ、アーチェリー女学院のように、漫画を読むことを国語の授業と主張してもいない……、先生から生徒への接しかたに関しても言及しておくと、良くも悪くも、これも普通と言うか……、特記事項がない。

言及することがないなんて、語り部殺しだ。

わたしを黙らせてどうする。

そんな中、あえて記しておくと、五階建ての建築の、それぞれのフロアが隔《へだ》てられているということもなく、ちゃんと階段で移動できる——敵を倒さなければ入手できない鍵など必要なく、バリアフリーにも配慮されていて、スロープやエレベーターが設置されている点も、極めてまともである。

エレベーターって、木で作れるんだね。

細かいことを言えば、その巨大建築ゆえの必然で、中二階みたいなフロアがそこここにたくさんあって、その実態は五階建てじゃなくて十階建て以上の構造になっていたけれど、それは、それだけのことであって、そこここに秘密の扉や謎《なぞ》の教室があるわけではなかった。

開放されていた。

すべてが風通しのよい、オープンな見取り図である……、木造建築と言えば、ついつい火災が心配になるけれど、こういう明確な作りなら、有事の際にも、避難経路を間違うことはないだろう。

あっさり（とは言えないかもしれない。透明人間としてはエレベーターを使うわけにもいかないので、あくせく階段を使ったから）最上階までたどり着いてしまうと、本気ではなかったとはいえども、各階に美少年がとらえられていて、敵に勝利すれば救出でき、かつ次のフロアに進むことができるなんてコミック的な妄想が、心底恥ずかしくなってくる——過去を恥じている踊さんにあーだこーだ文句をつけたことさえ恥辱である。

インフレーションを来《きた》していたのはわたしの自意識だったとは。

ただの単なる学校に対して、いったいわたしはどこまで設定を広げていたのだ——いやいや、謙虚が過ぎて、反省をし過ぎるのが、わたしの唯一の欠点だ。

たとえどれだけまともな、いっそ純朴なそれに見えたところで、こんないわくつきの無人島に、ちょっと目を離した隙《すき》にいきなり中学校ができあがって、かつ決して少なくない生徒が通っている時点で、髪飾中学校やアーチェリー女学院をはるかに凌駕《りょうが》する異常事態が進行しているじゃないか。

町中にいつの間にかできていたコンビニとか、携帯ショップとかと同日に語るわけにはいかない……、巨大建築を建てること自体は、うん、知ったかぶりのわたしが知らなかっただけで済ませてもいい。

だけど、お金や、資材だけでなく、人間がこうも動いている——生活しているとなれば、さすがに……、仮にわたしが、五人のメンバーの残した暗号に従ってここにやってきたのでなかったとしても（漂流の末に流れ着いたとか）、この五重塔からは、異変を感じ取るべきなのだ。

胎教委員会の思惑なのか、それとも野良間杯氏の趣味嗜好《しこう》なのか……、深奥に隠されている意志がどのようなものなのかはさっぱりわからないけれど、それでも深奥に、何かがあるのは確かだ。

人の意志。

順当に考えると……、今度は、普通の学校を作ろうという意図か？　髪飾中学校もアーチェリー女学院も、そして我らが指輪学園も、いわば胎教委員会の実験場だった。

それぞれにアプローチもパターンも、大きく変えていた——この、仮称五重塔学園も、そんな実験の一環なのか、あるいはここそが、教育活動の集大成なのか。

あれこれ無茶苦茶をやっておいて、最終的な結論が『やっぱり普通が一番』なのだとしたら、敵味方関係なく、ふざけるなと言いたくなるけれど、しかしまあ、だとすると、美少年探偵団の面々がこの島に来ていたとしても、不思議はなくなる。

胎教委員会と相対するために来ていたとしても。

捕らえられ、拉致《らち》されてここに来たのではなく、わたし抜きで調査に来たのだとすれば――あの床下の絵画は、ダイイングメッセージ的なそれじゃなくて、単なる書き置きだったとか――でも、だとしても、彼らはどこにいる？

彼らが各階に捕らえられていなかったのは、僥倖と言うより当たり前だと考えるとしても……、わたしがアーチェリー女学院に潜入調査をしたように、彼らもこの五重塔学園の生徒の中に紛《まぎ》れ込《こ》んでいるとか？

いやいや、あんな目立つ連中が、豪華絢爛《ごうかけんらん》なカジノとかならまだしも、こんな普通の学校に紛れ込めるはずがないか……、それに、彼らが自分の意志で野良間島に来たのなら、指輪学園のみんなの、あのよそよそしい態度に説明がつかない。

やはりそこは拉致の方向で考えるべきだ。

どちらにせよ、あの星空にちりばめられた点字のメッセージがあった以上、彼らがこの木造学校のどこかにいることは間違いないはずなのだ――そりゃあ、先に帰っちゃってる可能性もあるけれど、その線を考慮するのは、さすがに空し過ぎる。

モチベーションにかかわる。

今後の人生にさえ。

なので、いささか盛り上がりには欠けるけれど、とりあえず、このまま五重塔の中をうろちょろしてみるか……、部外者が学校の中を徘徊《はいかい》するなんて、探偵団のメンバーどころか、本当、不審者もいいところだな。

とんだいいところ探しもあったものだ。

12 変装、変装……

女子のセーラー服を盗むことにした。

おっと、いささか刺激の強い表現だったかしら？　尖《とが》った純文学の出だしの一行みたいになってしまったけれど、まあこの場合、女子が女子の制服を盗むのだから、犯罪にはならないはずだ(なります)。

好き好んで美少年の格好をしておいて、都合のいいときだけ女子ぶるというのも各界から反感を買いそうだが、わたしを信じて託してくれた札槻くんには申し訳ないことに、隠れ蓑での行動に、いい加減限界を感じてきた。

これ、使いにくいよ。

あまりに試作段階だ。長期間の実践に耐えない。

正面から歩いてくる生徒を躱すのは、わたしが気をつけていたらできることだけれど、後方からの接近が危う過ぎる——いくら『美観のマユミ』と言えど、背中に目があるわけじゃないのである。

躍さんにどう言われようと、わたしの視野はそれなりに広いほうだけれど、それでも真後ろは見えない……、昼休みで、食堂にでも向かっていたのだろうか、元気のいい男子生徒が大挙して走ってきたのを躱せたのは、ただの偶然でしかない。

人生の運をあそこで使い果たした。

透明人間SFのお約束とも言える、命の危機を感じる——監視カメラを、あるいは重火器を備えた警備員の間をかいくぐるというのならまだしも、この雰囲気の学校をうろつくにあたっては、隠れ蓑はむしろ、不要な厚着という気がする。

なのでセーラー服だ。

正真正銘の美少年ズには無理だろうが、わたしの場合、美少年の仮装を解けば、この五重塔学園の内部には、違和感なく溶け込めそうである——少なく見積もってもこの巨大建築の内部には、どうやら数百名以上の生徒がいるのだから。

髪飾中学校のときはバニーガールに着替え、アーチェリー女学院のときは白スーツに身を包んだけれど、今度こそ、今度という今度こそ、通常の潜入任務という感じである……、わたしはいったい、あちこちの学校で何をやっているんだ？

と、正気に返ってはならない。

正気では女子更衣室に忍び込めない。

隠れ蓑の機能を、最後に十二分に発揮して、セーラー服をかっぱらわないと……、女子更衣室自体は、体育館に併設されていて、すぐに見つかった。塔の一部で内部ではあるけれど、規模感からすると十分に『館』である。

鍵なんてかかっていない。

牧歌的と言うより、ここまで来ると、たとえ田園風景であっても無防備なくらいだけれど……、人目を避けて忍び込んでみると、室内には誰もいなかった。

しめしめ。

いや、しめしめじゃないよ、わたし。

締められてしまう、鍵じゃなくてわたしが。

以前に美術館に盗みに這入ったときもそうだけれど、この隠れ蓑、今のところ、犯罪にしか使われていない――職人が泣いている。まあ元々、透明人間になる服なんて、犯罪以外の何に使うんだという話でもあるが……。

個別ロッカーには、さすがに鍵が付属していた――ただし、キーロックならまだしも、こんな三桁《けた》のダイヤルロックなど、『美観のマユミ』の前では、ないも同然である。お洒落《しゃれ》アイテムかと思ったぜ。キーじゃなくてキーホルダーかと。

内部構造を見透かせば、暗証番号など自明の理である――いよいよ自前の眼球まで悪用し始めたわたしじゃないか。

一度上げた生活レベルを落とせないのと同じで、悪事に一度手を染めると、あとはずぶずぶに嵌《は》まっていくばかりだという好例（悪例）とも言えるけれど、しかし、わたしの悪事は、中途半端《ちゅうとはんぱ》に終わった。

悪いことはできないね。

視力を行使した結果、『000』のダイヤルロックが、最初から開いていたことが明らかになったのだ――おそらく初期設定のまま指一本触られてもいないぞ、このダイヤルロック。

怖くなってきたよ、この無防備。

無駄に視力を費やしてしまった……、それは自業自得だとしても、本当、なんなんだこの学校は？　わたしを試しているのか？　罪悪感で殺すシステムか？

現代的な監視社会の真逆を行っている。

二段階認証という概念は、たぶんこの五重塔学園にはない……、もしかすると、『やっぱり普通が一番』という実験じゃなくて、感じることを強制されているような重度のノスタルジィこそが、この五重塔の、存在しないはずの大黒柱なのか？

昔はよかった、みたいな。

最近の若者はなっていない、という文言は、紀元前の昔から言われていた——という文章も、やはり紀元前の昔から言われていたに違いないけれど、そんな懐古主義に基づいた学校として見れば、なるほど、いかにもという感想だ。

タイミング的にはたまたまではあるけれど、その推理は、ついでに透視されたロッカーの中身からも裏付けられた——残念なことに、わたしの目論見《もくろみ》は外れて、セーラー服はその中に吊《つる》されてはいなかった。

どうも体育の授業は、現在おこなわれていなかったようだ……、先に体育館の中をチェックしておくべきだった。

やっぱり悪いことはできないね。

その代わりと言ってはなんだけれど、セーラー服ではなく体操服が、ロッカーの中に吊されていたのである——そして、その体操服は、わたしも眉唾《まゆつば》ものの伝承でしか聞いたことがない古代遺産、ブルマーだったのである。

13 その昔の体操服

一応さらっと確認してみると、男子更衣室のロッカーの中にあったのも、信じられないくらいの短パンだった……、生足くんくらいしか穿かないんじゃないかという丈《たけ》の短さで、昔はこれが普通だったというのは、現代人としては信じられない。人としても信じられない。

現代の視点から過去を裁いてはならないと常々心がけているつもりでも、思わずモラルを問いたくなる——逆に、男子更衣室にも侵入したことを咎められかねないので、問いはしないけれども。

ブルマーに短パン。

過激な体操服。

この一点だけ取り上げれば退廃とも言えそうだが……、やっぱりちょっと、これまでの前例とは、種類が違うような気がするな。

男子も女子も、どうせこの季節は、上からジャージを穿いちゃうわけだし……、裾に変なひものついたジャージを……、それに、もしもその時代を生きてきた尊敬すべき人生の先輩がたに、『あなたがたは、男女ともにとても変態的なファッションで青春を送っていたんですね』なんて言ったら、怒りを買うでは済まないだろう。

訴訟に発展する。

ジェネレーションギャップの存在は、『最近の若者は』と言われる側のわたし達としてもきちんと認めておかねば、対等な議論になるはずもない。

旧態依然とした男尊女卑や、死んだほうがいいような体罰を押しつけようとしているのなら話は別だが、側聞《そくぶん》する限りこの学校、授業内容や風紀指導は、とりあえず現代の価値観に基づいている……、なんなら男女同数制が導入されていたりで、ちょっと先取的なくらいだ。

まとめると、認めるべきは認めるとして、わたしがブルマー姿で他校を徘徊するという、誰も望んでいない展開は、断固として忌避しておこう……、何度もバニーガールの格好までしておいて今更何をカマトトぶるのかとブーイングの的になりそうだが、あれらはまだしも、天才児くんがわたしのために仕立ててくれたお洋服である。

今回は他人の服だ。

許容できるのはせいぜいセーラー服までで、他人の体操服を着るのは、かなりの抵抗がある……、ほら、わたしって潔癖性だし。

潔《いさぎよ》いのが癖なんだよね。

なので女子更衣室からは、何も盗《と》らずに退去したわたしであり、これ以上罪を重ねずに済んだのはめでたい話なのだが、そんな犯行未遂を終えてそれで終わりでは、隠れ蓑での探索に限界を感じたという問題点は、なんら解決していない。

問題を解決させずして、何が探偵か。

壁に背中を張り付け、蟹《かに》歩きで移動すれば、真後ろという死角はなくなるかもしれないけれど、たまに勘のいい生徒が、こっちを見ていたりするのだ。まあたぶん、気配と言うか、息遣いと言うか、足音とか衣擦《きぬず》れの音とか、また空気の流れとかで、わずかに引っかかりを覚えているのだと思うけれど……、冷や冷やする。

で、転んでもただでは起きないことでここまで名を上げてきたわたしが、いったいどうしたかと言えば、男子更衣室のほうである——確認した体操服が短パンだったことは既に述べたが、そちらのロッカーを吟味したところ、当然セーラー服はなかったけれど、しかしなぜか学ランはあったのだ。

どういう事情があれば、学ランを更衣室のロッカーに置きっぱなしにするのかは見当もつかないけれど、この突発的なラッキーを見逃すわけにもいかない。体育の授業中に怪我《けが》をして、保健室に直行した男子生徒がいる――のだとすると、単純に幸運だと万歳《ばんざい》していられないけれども、着られないサイズじゃないことも（多少オーバーサイズだった）、運命的なものを感じさせた。

どんな運命だよ。

ベートーベンはこんな曲を作曲していない。

なので結局、わたしはセーラー服こそ盗まなかったけれど、代わりに学ランを盗んだのだった――都合のいいときだけ女子ぶろうとした振る舞いは、これ以上なく裏目に出たと言える。

まさか不用心にも隠れ蓑をロッカーに置いておくわけにもいかないので、オーバーサイズをいいことに、そちらはインナーとして着込み（これでいつでも透明人間になれるぜ）、わたしは探索を再開する。

と言うか、真っ先に食堂へと向かった。

なにせ時間的に、おなかが空《す》いていたのだ――ここに来て暢気《のんき》なことを言っているかもしれないけれど、腹が減っては戦ができぬとは、飢餓や兵糧《ひょうろう》攻めのことなどを考えると、かなりシリアスな諺《ことわざ》である。

お昼時とは言え、ピークは既に過ぎているだろうから、わたしの変装が通用するかどうかをテストするには、格好の場所とも言える……、格好を試運転する格好の場所。

遠方離島では物価が高騰することもあるらしいけれど、果たして野良間島ではどうなんだろう……、そんなことを思いながら、探索中に一度見かけていた食堂に向かう。大した額を持ってきてはいないのだが……、片道切符を買うだけでわたしが素寒貧《すかんぴん》になったことは、もう述べた。

一縷《いちる》の希望もあった。

もしかすると、食堂――つまりキッチンというエリアには、『美食のミチル』がいるんじゃないかと。一縷というか、ミチルの希望。

生態系から考えて、不良くんが給食係を務めているという可能性は、冗談でなく低くないようにも思ったのだ……、結果から言うと、わたしのこの賢察が正鵠《せいこく》を射ることはなかった。

不良くんを始め、五人の美少年は、野良間島、五重塔の内部の、二周目三周目の探索を続けたところで、未《いま》だ行方不明状態が継続していた――ただ、その結果とは、また別の結果もある。

残念ながら思惑通りとは行かなかったし、どころか、考え得る限り最悪の結果ではあったけれど、混迷していた事態に進捗《しんちょく》があったことには違いがない——食堂で、わたしは遭遇した。

忌《い》むべき普通。

どこにでもいる普通の中学生——沃野禁止郎くんと。

14 敵

よくよく猛省してみれば、こんなあからさまな『普通の学校』に、『どこにでもいる普通の中学生』がいないと考えるほうが異常なくらいだったけれど、わたしは今の今まで、その可能性には思い至っていなかった。

なんて失態だ。

順を追って話そう、ことの経緯はこうである。

食堂で、周囲の空気を読みながら食券を買おうとしたわたしは、まず戦慄《せんりつ》した——戦慄は大袈裟《おおげさ》だけれど、要は、世界は決して、わたしを中心に回っていないことを学習した。中心どころか、輪の中にさえ入ってないことさえままありありだ。物価高で食券が購入できないことを心配していたけれど、この心配は当たらなかった——というか、この心配が当たる前に、別の壁に衝突することになった。

壁はここにあったのか。

ミートスパゲッティ、一皿600TKだった。

TK？　チリ・クローネ？

いや、チリの頭文字はTじゃなくてCだ……、そしてチリの通貨はクローネではなくペソだ……、じゃなくって。

え、嘘、この島、そしてこの学校、独自の通貨が使用されている？　TKが何の略かはわからないけれど、少なくとも円ではない。

この時点で、わたしのポッケに入っているなけなしの小銭は総じて意味を失ったし、かつ、その食券販売機は、完全に電子化されていた。なんで木造校舎で、そして短パンとかブルマーみたいな体操服まで採用しておいて、ここだけ最新鋭なんだよ。

キャッシュレス化するな。

ああ、でも、独自の通貨というのはいかにも大仰で、あたかもこの島が独立を企《たくら》んでいるようでさえあるけれど、地域にだけ通じる『金券』というのも、電子マネーという範疇《はんちゅう》ならば、いかにも今時という感じなのだろうか？

今時と言うには——やや古風なくらい。

そんな表記はないけれども、ひょっとするとポイント制でユーザーに還元されているのかもしれないし、学校側としても、生徒の動向を把握しやすかろう……、ミニ・ビッグデータと言ったところか。

管理体制……、鍵もかけず、広く開かれているがゆえの……。

TKというこの単位が、五重塔内だけのものなのか、それとも島全体に通用するものなのかは、引き続き綿密な調査が必要だけれど、ありし日は無人島だったこの島に、通貨制（電子マネー）が導入されているというのは、思えばとんでもない進化である。

その急激な進化に、ついていけないわたし。

美少年どころか、おばあちゃんになった気分だ。

やばいな、食券を買えないとわかると、冗談じゃなくおなかが空いてきた——普段から美術室で、美食で甘やかされる生活が当たり前になっていたため、わたしの胃袋はかなりふてぶてしい。

時と場合を選ばない。

勝手に兵糧攻めに遭っているわたしが、マジで餓死しないためには……、インナーの隠れ蓑をアウターにして、今度は職員室の金庫を狙《ねら》う？　いや、リアルマネーはないのだから……、データにハッキング？　いやいや、それはさすがに本筋を見失い過ぎである……、じゃあ、せめてお弁当派の生徒を見つけて……。

「おごろうか？　瞳島」

と。

わたしがいよいよ、食欲と尊厳との狭間《はざま》で揺れているのを見かねた声が、右側からかかってきた——え、おごってくれるの⁉　その申し出に、瞬時に飛びつきそうになったわたしだったが——んん？　ドレスチェンジしたのだから、わたしの姿が見えているのは当たり前なのだけれど——わたしの正体まで見えている⁉

名前まで知っている？

身体ごと振り向くと、そこにいたのは——誰？

はい？　本気で誰？

「沃野禁止郎だよ。または、目口《めぐち》じびか——どちらでも、嫌いなほうの名前で呼んでくれて構わない」

「…………」

リアクションが悪くて申し訳ないけれど、そう言われても尚《なお》、わたしはピンと来ていなかった……、ああでも、これぱかりはわたしの責任ではない。無限責任は議論の余地なく相手の側にある。

そういう男なのだ、沃野くんは。

あるいは、そういう女なのだ、目口さんは。

こうして正面を向いて対峙《たいじ》しても、ぼんやりとして像を結ばないと言うか……、ピンボケ状態と言うか……、どういう誰と向かい合っているのか、わたしの『よ過ぎる視力』をもってしても、いまいち判然としない。

見えているようで、見えていない。

近くにいるのか遠くにいるのか、距離感さえつかめない。

それこそ、透明人間と向き合っているようだ。

「何を食べたかったわけ？　お勧めはB定食だよ。Aじゃなくて、Bってところがいい——プランと同じだ。早く食べないと、午後の授業が始まってしまうぜ？」

「……なんで」

「ん？　なんで？　『なんで正体がわかったの？』かな？　それとも『なんでここにいるの？』かな？」

言いながら、沃野くん（今は男子のように感じるので、こちらの名を採用——嫌いなほうというなら、どっちも嫌いだ）は、定期入れみたいなカードホルダーを、食券販売機にぴたりと当てる。

まだ返事をしていないのに、勝手にB定食を注文してくれている――誰が食べるかとハンストを気取って突っぱねたいところだが、まあ、料理に罪はないと、不良くんが教えてくれた。

しかし、不良くんがいないどころか、かつてわたしと生徒会長の座を争った政敵が、この食堂にいたとは――勝手にわたしのランチメニューを決めた沃野くんは、更に返事をしていないのに、勝手にわたしの質問に答えた。

「学ランを着た程度で変装とは、むしろ恐れ入るよ。個性の塊のようなおたくが、こんな学校で浮かないわけがないだろう？　まるで水死体のごとくぷかぷかだ。むしろ俺は、軍事兵器の隠れ蓑を着ている時点から、いつ声をかけようか、ずっとタイミングを計っていたくらいなのさ」

「……あはは。強烈な嫌味ね」

わたしみたいなのをつかまえて個性の塊とは、よくぞ言ってくれたものだ。

隠れ蓑を脱いで（正確には、インナーに着込んで）、学ランを身にまとったのは、潜入調査のための変装でもあったけれど、もしも美少年ズがこの島にいるのならば、向こうから見つけてもらおうというような、甘えたプランでもあったのだけれど……、わたし個人を知っている敵方がこの島にいる可能性を、きちんとは想定していなかった。

でも、溶け込めると思っていたのに……。

バニーガールや白スーツによる潜入調査を、曲がりなりにも達成させたことで、その成功体験が、わたしの見込みを甘くしていたか？　仮想敵のアジトみたいなところに潜り込んでおいて、顔を隠しもしないなんて。

風邪っ引きの振りをして、マスクをするべきだったかな？

「嫌味のつもりはなかったよ。傷つけてしまったのなら謝りたい。だが実際、おたくは目立ち過ぎだよ……、見つけたのが俺でよかったくらいだ」

「は？　最悪なのでは？」

おっと、率直な返事をしてしまった。

口を慎《つつし》むんだ、わたし。

食堂には、わたしと彼とがふたりきりというわけではない――けれど、ちらほらといる生徒達や、厨房《ちゅうぼう》の給食係が、全員、沃野くんの手の者という可能性は大いにある。とっくにバレていたのなら、同様に、とっくに包囲されていてもおかしくない。

実際、最悪なのだ。

「立ち話もなんだね、座って話そうぜ」

言って、沃野くんは、自分の昼食も注文する――わたしにはB定食を勧めておいて、自分はA定食を注文していた。

こういうところだよな。

「ちなみに通貨単位のTKは『胎教』の略だよ。A定食もB定食も、780胎教だ」

「780胎教」

すげえ。

隠そうともしていない。

わたしの学ラン姿も、それくらい露骨だったということか？　いや、思い返してみれば、確かに隠れ蓑で徘徊していた頃から、見る者はちらちら、わたしのほうを見ていたのだ——勘のいい生徒もいるものだと思っていたけれど、もしかすると彼ら彼女らには、軍事兵器をまとったわたしの姿が本当に見えていたのか？　気配とか足音とかじゃなくって……。

見えていたんだとすれば、そりゃ見るよな。

だって、蓑をかぶってる奴がいるんだぜ？　古風さで言えば、学ランやセーラー服の比ではない。指を指されていてもおかしくない。

「それはまた別の話なんだよ、瞳島。いや、結局は同じ話になるのかな。どちらにせよ、知らない仲じゃないし、ちゃんと説明してあげるよ——大丈夫、食堂だからと言って、取って食ったりはしない」

食堂だけにうまいことと言われても、まずいことになったとしか思えない——手料理を振る舞うことを毒殺の機会としか考えていないような『普通の男の子』と、ランチを共にするなんて。

毒を食らわば皿までとは言うものの。

食材ではなく食器に毒を仕込むのも、探偵小説では実にありがちで、伝統的な古典トリックである。

15　強烈な個性

「一口に『強い女性』と言っても、映画だったりでの描かれかたは、ここのところ変わってきたよね。ちょっと前までは『強い女性』と言えば、『気が強い』女性だったけれど、今は『意志が強い女性』がトレンドだ」

「はあ」

「いやいや、おたくを褒めているんだよ、瞳島。仲間のために単身、こんな島に乗り込んでくるなんて実に大したものだ——もっとも、おたくは女性ではなく、美少年なのかな？」

相変わらず、適当なことを言ってるなあ。

意味深な重要事項を指摘しているようで、まるで中身がない――どうとでも取れるようなことを、どっちつかずに述べている。

空気を並べ立てている。

ここで迂闊に、『確かに、ちょっと前の漫画とかを読むと、思いのほか簡単に人が人を殴っていてびっくりするよね』みたいな受け答えをすれば、どんな風に梯子《はしご》を外されるかわかったものじゃない……、価値観の変遷のスピードとか、それでも変わらないものとか、あるいは――木造校舎のノスタルジィとか、そんなあれこれについて語ろうとしているように見えて、結局のところこの男子は、わたしがどこまで、この五重塔学園を調査しているのか、探りを入れているだけなのかもしれない。

そういう意図でも、ないよりマシである。

「はは。五重塔学園はいいね。正式名称の『胎教学園』に負けず劣《おと》らずそのまんまなネーミングだけれど」

「胎教学園――」

テーブル席で、互いにA定食とB定食を食べながらの会話――わたしの心境は、さながらまな板の上の鯉《こい》なのだが、とりあえず久方ぶりのカロリー摂取で、多少は頭が回るようになってきた。

毒ではなさそうだし、自白剤が混入しているということもなさそうだ……、味は……、まあ、普通かな？ おいしいほうかな？ でも、『島で育てた有機農法の野菜がふんだんに使用された、豊かな昼食』って感じじゃあ、ない……、これはこういう味なんでしょうという感じだ。

可もなく不可もなく。

「普通って味かい？ 美術室で食べていた満漢全席とは大違いかい？」

「……いえいえ、デリシャスですよ」

おごってもらっておいて、あーだこーだ言うのもマナー違反かと思って、そんな風に答えるわたしは、礼儀正しいよい子である。ただまあ、それが今回の——この学校のキーワードなのだとすると、ことはデリシャスとか、マーベラスとかでは済まなくなってくる。

デンジャラスであり、マッドネスだ。

「話を戻すと、冗談じゃなくね。美談って奴でさえある、おたくらの言うところの。そんな意志の強さがあったからこそ、俺はおたくを見つけることができたんだとも言えるって話なのさ——だから、褒める以上に感謝したいよ。おたくが平凡だったら、俺に——俺らに、発見できるはずもなかった」

「……よくわかんないね。相変わらず、あなたは」

わからないことは率直にわからないと言って、わたしは続ける——こうなったら開き直って、こちらからもがんがんアプローチしよう。『気』と『意志』の違いもまたわからないけれど、『押し』は強くいこう。

「この学校では、沃野くんはどんな活動をしているの？　今回のあなたは何を目的とした転校生なの？」

殺されることはないだろう、なんて楽観は、沃野くんの前では所持するだけで重罪にあたるくらいの気持ちである——実際、わたしは少なくとも一度、この没個性に殺されかけている。

「そうだね。あのとき、轢《ひ》いておけばよかった」

「…………」

「実際と言うなら、実際には一度どころじゃあないにしても。活動と言われると、だけど困るな。それは活《い》きて動く者のすることだから。転校生と言われると、もっと困る。胎教学園——おたくの言うところの五重塔学園は、俺にとってはホームだから。ここが本拠地なんだよ。この学園でだけは、俺は転校生じゃない」

……鵜呑みにはできないけれど、確かに、なじんじゃあいるんだよね。

暮れなずむように、なじんでいる。

話せば話すほど、忌むべき普通の沃野くんにとって、この木造校舎以上に、水の合う学校があるとも思えない——水を得た魚とはこのことだ。沃野くんのために建てられた学校と言っても、過言ではないだろう。

「過言だよ。この学校の創設意図は、そんなところにはない——七夕七星《たなばたしちせい》。覚えているかい？」

「誰でしたっけ？」

「アーチェリー女学院における、おたくのルームメイトだよ」

おっと。

わたしが冷たい奴みたいになっちゃったぜ。

沃野くんとは違って、ちゃあんとお世話になった相手なのに……、とぼけたキャラにはなれないものだ——なんだろう、『人の名前を覚えない大物感』っていう演出も、今じゃただの失礼な性格みたいな扱いを受けてしまったりするけれど、でもまあ、『七夕さま』の場合は、本名が別にあったからね。

えっと、なんて本名だっけ？

「確か、美作《みまさか》――」

「美作まさか。胎教委員会の不名誉委員長、美作美作《みまさかびさく》の孫娘だからね」

「まご？」

まごまごしてしまった。いや、していない。

ただびっくりした――え？

つまり、あの子も胎教委員会の手の者だったってこと？

「許せない！　無害で親切な同級生の振りをして、わたしを欺いていただなんて！」

「おたくのほうが潜入したスパイだろうに」

仰《おっしゃ》る通りで。

二の句が継げないとはこのことだ――それに、実際はそこまで驚いたわけでもない。本名が何で、正体が誰だったところで、わたしにとって、彼女が無害で親切な同級生だったことに違いはないのだから。

助けられていたし、今から思えば、モチベーションでもあった。

「懐《ふところ》が広いね、瞳島は。彼女は不名誉委員長の孫というだけで、別にスパイでも、俺と似通った立場の生徒でもなかったと、優しくフォローして好感度を上げようとしていた目論見が外れたよ」

今更何をしても、あなたの好感度は上がらないよ。

どうぞ諦めて。

「ただ、重要人物であったことに変わりはない。胎教委員会にとって、美作まさかは、自覚のない駒《こま》だった」

「駒――孫を駒って言っちゃいますか」

「少なくとも、孫娘が『美観のマユミ』の動きを封じてくれたから、俺達は美少年探偵団の面々を、この島に紳士的に招待する機会を得られたわけだしね」

ん……、さらっとしてくれたな、爆弾発言を。自白と言うより自爆な発言を。

いや、それはわかっていたことではあったけれど……、やはりあの五人は、この島に来ているのか？　だとすれば、わたしの渡航も無駄足ではなかったわけだが……、ならばどうして未だ、あんな目立つ連中が見つからない？

沃野くんほどではないにせよ、わたしのような没個性でさえ、こうしてあっさり見つかってしまったのに――それはまあ、学ランを着ただけで変装気分だったわたしの不用心だったとしても。いや、隠れ蓑を着ていた頃からバレバレだった、みたいなことも言われたっけ？　それは沃野くん一流のハッタリか？

そうだ、別にあの五人がこの五重塔学園の中にいるとは限らないよね……、どうしたって目に入るから調査対象にしたもののあくまであの点字は、野良間島を指し示していただけで、ひょっとすると、彼らはこわ子先生の建築した五つの美術館のどれかに隠れているのかも。そうでなくとも、島内のどこかに――

「いやいや、瞳島、彼らはこの学園内にいるよ。夜になれば、当然寮には帰るけれど――ここでは彼らのほうが転校生だ。拉致はしても監禁はしていない――拉致もしていない。繰り返しになるが、紳士的に招待した。おたくらが美少年なら、俺達は紳士だ。心身共に紳士だ」

「だとしたらますますおかしいじゃない」

紳士的な招待なら、好奇心旺盛《おうせい》な彼らは、簡単に応じてしまいそうではある――わたしがそうだったように、挑発されてそれに乗らないという展開は、美少年探偵団にはないのだから。

なので、おかしいのはそこではなく――ならばどうして彼らを見つけることができないのか。わたしには。

わたしなのに。

「まあでも、俺も彼らを見失って久しいよ。この学園にいるんだとは思うけれど、どこにいるのか、さっぱりだ」

「は？　ちょっと、何を言っているの？」

わたしの助けなんてなくとも、彼らはうまく逃げおおせたと言うことか？　いや、沃野くんの発言は、そんなニュアンスじゃない。

見失いはしたものの。

それでちょうど計画通りというニュアンスだ。

「計画通りとは言えない……、計画以上だ。どうもおたくは、深読みするまいと気をつけている割に俺の言葉から、必要以上の悪意をすくい取ってくれるけれど、ここまでうまくいくなんて、俺も、不名誉委員長も、誰も思っちゃいなかった。うまく行き過ぎて、少し困っているというのが本音のところだ」

本音なんて口が裂けても口にするはずがない沃野くんではあるが、しかしながら、

「俺と休戦協定を結ばないかい？　瞳島。そして、俺と共に――この学園の『普通』に完全に溶け込んでしまい、美点の失われた彼ら五人を、その目で発見してはくれないだろうか」

さもなくば。

きみもまた、美点を失うことになるぜ――と。

極めて普通に、ごくごく普通に、異常に普通に、言った。

16　島の真相

「東西東西。

「と、切り出すんだよね、おたくの先代、咲口長広さんは――実際問題、尊敬に値する先輩だよ、彼は。

「だった、と過去形で言うべきかな？

「完了したと言う意味では、過去完了形かな？

「だって、少なくともこの胎教学園においては、彼は俺同様の、埋没する個性でしかないのだから――そう考えると興味深く、面白みもあるんだけれど、面白がってばかりもいられない。

「実際、つまらない。

「この状況を主導した者としては、特にね――責任を感じる、というフィーリングが、俺にはよくわからないんだけれど、ひょっとするとこの気持ちが、そういう感情なのかもしれないと、切に思うよ。

「何から話そうか。ありし日の『美声のナガヒロ』なら、効果的なスピーチにするために、どこから話すだろうか——でも、俺が得意げにしたり顔で開示するまでもなく、この巨大建築にして木造校舎が、我々胎教委員会の実験施設であることは、既に察しがついているだろう？

「それも、ただの実験施設ではなく、指輪学園や髪飾中学校、アーチェリー女学院での実験成果を集積させた、最終段階であることも、賢明なる瞳島眉美なら、気付いていないわけがない。

「嫌味じゃないよ、だから。

「俺は生まれてこのかた嫌味なんて口にしたことがない。

「おたくが自分をどう思っているか知らないし、また、おたくが母校でどう思われているかも定かじゃないが、ここではおたくはそうなんだ。そう評価せざるを得ない、俺がどう思おうと。

「個性と言うのは、相対的なんだよ。美点がそうであるように。

「俺も言いたかないよ、美しさなんて人それぞれだなんて。

「だけどそれがポイントだ——外してはならない要石だ。行きがかり上、おたくは、おたく達は胎教委員会を敵視しているけれど、不名誉委員長美作美作率いるかの団体は、別に悪の組織というわけじゃない。

「犯罪集団じゃない。

「政府が認めている、法的にも公式な団体だし、第二の教育委員会というキャッチコピーも、実のところ自ら標榜《ひょうぼう》しているわけじゃない……、世間からそういう評判が立っているというだけで、それはむしろ、それだけ信頼されているという証拠でもある。

「評判は悪いばかりじゃない——中学生からでさえ、支持を受けている。

「賛否両論だ。

「美少年探偵団のポリシーとは相容《あいい》れないと思っているかもしれないけれど、退廃芸術というジャンルがあることもお忘れなく——ある意味で胎教委員会も、また美学を追究する集団なのさ。

「俺の困った性格のことはいったん除《よ》けて考えてほしいね。

「美少年探偵団にポリシーがあるよう、胎教委員会にもポリシーがある……、子供達への有意義な教育を第一に考えている。ご存知だとは思うけれど、念のため再確認しておくと、教育格差を意図的に作るのが、胎教委員会のありかただ。

「勉強したくない生徒は勉強しなくていい。

「厳しくされるのが嫌なら甘やかしてあげる。

「年端《としは》もいかない若者に教育は贅沢だ——この辺は、もう幾校も実例を目撃してきた瞳島には、説明するまでもないだろうけれど、念のためにあえて言わせていただけるなら、しかしこれは、胎教委員会のポリシーの一面でしかない。

「格差を広げるためには、もちろん、上限もアップさせなきゃね――つまり、優れた一部のエリートには、ふんだんに教育を施すべき、という一面もある。

「ま、成績順で教育レベルを変えるなんてのは、現状でも普通におこなわれていることだし、堕落システムのほうはともかく、エリート選抜のシステム自体は、そう受け入れにくいものではないだろうね？

「指輪学園でも、クラス分けだったりで実施していた方針だ。

「誰しも『選ばれし自分』は、夢見たいものだろうし……、胎教委員会の場合は、それをもう少し、積極的に――と言うより、極端におこなう。

「これはと見込んだ特異な個性を、日本全国津々浦々から、手段を選ばずピックアップし、一ヵ所に集結させた彼らのためだけの学校を作る――とまで言えば、もうおわかりだよね？

「胎教学園――このあまりにも巨大な五重塔は、そのための壮大なテストケースなんだ。ここは、エリートの、エリートによる、エリートのための中学校なんだ。

「特別を、ひとときに、ひとところに集める。

「エリートを、よりエリートに育てることが目的――たとえは悪いが蠱毒《こどく》のように、優れた才覚と意欲を持つ子供を、一ヵ所の、隔離された環境で育成することで、更に卓越した頭脳を作り上げる。そうして生まれたひとりの天才は、百万人に等しく教育を施すよりも、よっぽど世界に貢献してくれるだろう。

「研究、政治、スポーツ、芸術にかかわらず、卓抜した偉人を輩出できる。

「ひとりずつでも、将来的には、百万人――ここは歴史を縦に捉《とら》えた学園なのさ。

「百万人の偉人を生産する工場だ。

「おたくのお仲間、美しく個性あふれる美少年探偵団は、そんな実験場の貴重なサンプルのひとつとして――貴重なサンプルのいつつとして、丁重にスカウトされたというわけさ。

「今や彼らは指輪学園の変わり者ではなく。

「胎教学園の、普通の生徒だ」

17 『実験成功』

「と、ここまでは胎教委員会の理想なんだけれど、生憎、実験である以上、すべてがうまく運ぶわけじゃない」

と、そこでおどけるように、沃野くんは肩をすくめた——まあ、そうでしょうね。

少なくともその実験は、上首尾に進んでいるとは思えない——わたしの見る限り、この学校で異質なのは、あくまで建造物の特性（巨大で、ほぼ木製）だけであって、中身はごく普通の学校という印象だった。

何の変哲もない。

異変もなければ哲学もない。

そう、彼ら五人が、去ったあとの指輪学園にも似た——当たり前の中学校生活のようにしか見えない。

普通や当たり前を批判するつもりは毛頭ない、わたしも基本的にはそちら側の人間なのだし……、だけど、それが胎教委員会の理想に反していることは事実だ。格差を設けたいのに、こともあろうに平均だなんて。

退廃していないのと同じくらい、卓抜してもいない——どどーん！　と、ここが『エリートを選抜した、超エリートを育成するための蠱毒の壺《つぼ》なのだ』と言われても、まったく得心できない。

どういうこと？

「普通の学園を作ろうとしたわけじゃないのに、結果的に普通の学園になっちゃったってことなら……、つまり、実験に失敗したってこと?」

「成功のための一歩ってことだ。前進には違いない」

ものは言いようだね。

わたしも沃野くんに発見されたことは、救出任務に失敗したのではなく、成功のための一歩だと思うようにしよう。

って、誰を見習ってるんだ。

「勘違いしているようだと参っちゃうけれど、おたくが廊下ですれ違ったこの学校の生徒達は、みんなえり抜きのエリートだよ。スカウトを受ける前は、それぞれ通っていた学校でのナンバーワンだった皆さんだ」

「……そんなわけ」

そんなわけないでしょうと断ずるのは、さすがに失礼かな……、でも、正直な感想だ。オーラなんて言ったら胡散臭《うさんくさ》いけれど(いくらわたしの視力でも、オーラなんてものは見えない——今のところは)、古めかしい様装の彼ら彼女らに、エリート然とした雰囲気はまったくなかった。

それともあれは擬態だったとでも?

能ある鷹《たか》が、爪《つめ》を隠していた……？

「もしかして、軍事兵器の隠れ蓑をかぶっていたわたしになんとなく気付いた風だった生徒達は、ただ勘がいいとかじゃなくて、わたしを感知できるだけの『才能』を持っていたとか……」

特別な才能を持つ子供を、隔離された学校に集めて教育する――なんて、そう切り取ると、それもまた少年漫画のテンプレートのようだけれど、もしもあの子達が、わたしの『目』と同じような視力を持っていたのなら、現実的に、頼れる隠れ蓑なんて意味をなさない。

参ったなあ。

この学園の全校生徒が能力者⁉ みたいな台詞《せりふ》を、わたしは言わなくてはならないのだろうか……、でもまあ、わたしのような視力を持っているのが、わたしだけだと考えるのは、思い上がりだ。

つくづくね。

だとしても、疑問は残るけれど――もしも彼らが勘とかじゃない確信で、リアルに不法侵入者を発見したのであれば、そんな奴を先生に言いつけない理由が、どこにある？

「鷹の爪ではあるけれど、少し違う。能ある鷹の、折れた爪ってところだ――能はあっても、その使いかたが、その子達にはもうわからなかった」

「?」

「爪は折れて、牙《きば》は抜け落ちている。おたくのお仲間と同様に」

と、沃野くん。

またもや澄ましてさらっと言ってくれたが――わたしのお仲間同様とは、どういう意味だ?

「要するに、おたくが言うところの少年漫画みたいに、エリートの子供を一ヵ所に集めてもスーパーエリートが生まれたりはしなかったというわけだ――むしろ逆で、みんな凡人に成り下がった」

ひとりの例外もなく。

特別な才能を喪失した――と、凡人の代表者は言った。

「能力が平均化されたと言えばいいのかな。天才ばかり集めたら、それが当たり前になっちゃって、全校生徒が、才能も意欲も失ってしまった――美少年探偵団が去ったのちの指輪学園は、普通の学校になっていたんだろう? それと正反対で、しかも同じことが、ここでも起こっていたというわけさ――だから、嫌味じゃないと言ったはずだ。今現在、この学園内でもっとも個性的な人間は、おたくなんだって」

嫌味のほうがマシだった。

これだけほうぼうをうろついても五人を見つけられない理由が、この島にはいないからではなく、わたしの無能のせいでもなく――彼らがその美点を失い、普通の学園生活に溶け込んでしまったからだなんて。

『美声』は発されず。『美食』は味わえず。

『美術』は描かれず。『美脚』は晒されず。

『美学』は学べない。

そんな美しくないおしまいが、他にあるか?

18 喪失、埋没

言われるまでもなく、才能は相対的なものだ。

個性も美点も相対性を持つ。

わたしは自分の視力を才能だなんてとんと思っていないから、なので個性と言い換えておくけれど……、突き詰めれば、どんな能力も、『多いか、少ないか』でしかない。

人より多いか、人より少ないか――そして、人が多いか、人が少ないか。

多様性とは、多いからこそ多様なのだ。

絶対的に多数派が強いわけではなく、数が少ないからこそ、希少価値を持つということもある……、レアメタルはレアだから高価なのだ。レアなだけではもちろん駄目だが、レアでなければ、☆5の輝きはない。

☆5……。

確かに、言われてみれば、プロスポーツのチームとか、オリンピックの代表団とか、わたしなんかから見ればとんでもない天才集団のはずなのに、ずっと見ていると、そのチーム内での平均値が、普通の基準になってしまう——平均化され、標準化されてしまう。一流企業でバリバリ働くビジネスマンにしたって、その人達にしてみれば、それが当たり前の日常であり、ごくごく普通のことである。

普通。

どこにでもいる、何の取り柄もない、平凡な中学生。

わたしが追ってきたあの五人が、星々のように輝いていたのは、活動地域が指輪学園だったからで——もしも星々を集めて、ひとつの宝箱にぎゅうぎゅうに詰め込んでしまえば、それは、全体の光に飲み込まれてしまうのでは？

どころか、互いの光が互いの光を相殺しあって、全体が光っていることさえ、わからなくなってしまうのかもしれない——電気に包まれた現代人が、夜をいちいち『明るい』なんて思わないように。

……チームであること。

チームであることは、強みだと思っていた——集団であることは力だと。けれど、強大な輝きを際限なく集めたことで、まさかここまでくすんでしまうなんて。

考えたこともなかった。

彼らはそれぞれの分野のナンバーワンだと思っていたから——でも、もしも、『美声のナガヒロ』が、自分以上ではなくとも、自分と同じくらいいい声の演説家に出会ったとき、いったいどんな声を上げるのか。

あるいは『美食のミチル』が、それがどれだけの美食であろうとも、否、それが美食であればあるほど、他人の手料理を食べ続けられるのか——『美脚のヒョータ』が徒競走で負けたとき、勝者を心から称《たた》えることができるのか。『美術のソーサク』は、同世代の芸術家と、有意義な交流なんてできるのか——そして『美学のマナブ』は、そんな四人のリーダーであり続けられるのか。

ナンバーワンでも、オンリーワンでもなくなったとき……、彼らは、どんな人間になる？

先輩くんはただのロリコンに。

不良くんはただの不良に。

生足くんはただの半ズボンに。

天才児くんはただのボンボンに。

そしてリーダーは——大人になるのか。

彼の兄がそうなったように、現実を知る。

すごい人間なんていくらでもいて、輝ける星なんていくらでもあることを思い知って——わたしは、十年以上にわたって、存在しない星を探し求めてきたわけだけれど、逆に、そんな探索の末、天空には星がいくらでもあるとわかってしまうのも、それはそれで悲劇である。

自分が井《い》の中《なか》の蛙《かわず》であることを知ったとき、人間が試される。

なんだか、自分が素晴らしく面白いと思った音楽を友達に勧めたら、『そんなのよりこっちのほうがぜんぜんいいって！』と勧め返されて、確かにそっちのほうがぜんぜんよかったときみたいな感じだ——好きなものを『そんなの』扱いされたことを、本当は怒らなきゃいけないはずなのに、なんなのだろう、あの無力感。

働《はたら》き蟻《あり》のうち、よく働く二割だけを集めて十割を作っても、結局そのうちよく働くのは、二割だけになると言うけれど——それを突き詰めたら、この島では、十割が働かなくなってしまったのなら、そんな事実もまた、無力感である。

まあまあ、やる気はなくなるよねえ。

トップを駆け抜けていると思っていた自分が、いきなり平均値まで格下げされたら、どんな意志の強い人間でもモチベーションダウンは避けられない——なぜなら、その意志の強ささえ、平均値まで格下げされるのだから。

気の強さと、意志の強さか。

「根気強く……、何度でも釈明するけれど、この事態は、胎教委員会にとっても想定外だった。失敗じゃないのと同様、わざとじゃない。失敗じゃなくとも、失ったものは大きい。蠱毒さながらのはずだったのに、いざ神童を各地から蒐集《しゅうしゅう》してみれば、みんな無毒化されてしまったようなものだ——平均値の体現者として、呼び戻された俺がこの件に対応することになったけれど、正直、頭を抱えていてね。あの五人ならなんとかしてくれると思ったけれど、期待外れだった」

勝手なことを言っている。

が、お陰《かげ》で事情が垣間見《かいまみ》えた——わたしの留守中、政敵ではなく、今度は依頼人として、沃野くんは指輪学園を、そして美術室を訪問したわけだ。

丁重なスカウトね。

さっきはサンプルとか言っていたけれど、その実情は助っ人のような招待をしたわけだ。

「そう。ちなみにおたくの不在を狙ったのは、おたくが彼らのブレーキなのは明白だからだ――合理的に考えて行動しただけで、決しておたくに選りすぐりの才能を見出さなかったわけじゃない」

「そのフォローは余計だね。優しくないよ」

身の程は知っているつもりだ。

スカウティングの対象から外されても、さして屈辱だとも思わない……、そのお陰で、こうしてひとり生き残れているわけだし。

さてと……、いろいろ言いたいことはあるけれど、沃野くん相手に何を言っても、暖簾《のれん》に腕押しだ。個人的には糠《ぬか》に釘であろうと、額《ぬか》に一本打ち込んでやりたいところだが、わたし自身がこの学園に飲み込まれてしまわないうちに、行動を開始しないと――事実、頼まれもしていないのにいつの間にかこの学校の制服を着てしまっていたりするので、時間はない。

既に見た目は飲み込まれているようなものだ。

かつての政敵と手を結ぶのは、それこそ政治的ではあるが、手段を選んでもいられない……、達成しなければいけないミッションははっきりした。

と言うより、目的は最初から変わらない。

五人を発見する。

美しくもなく、少年でもなく、探偵でもなく、その上チームでもなくなってしまったであろう彼らを——この目で、再発見する。

簡単だね。

19 回想・道中

そう言えば、軽く『「トゥエンティーズ」に外注した』としか説明しておらず、わたしが野良間島にいったい、どのような交通手段でもって上陸したかについて、まだ触れていなかった——と、まるで今思い出したかのように言ってみたけれど、別に忘れていたわけではない。

わたしの記憶力はパーフェクトだ。

たまにパーフェクトであることを忘れるだけで。

あのときは一刻も早く野良間島に上陸したい気持ちが先立って、語り部の特権を遺憾なことに如何《いかん》を問わず行使し（そんなことじゃいかんと言わないだけ、わたしには良識がある）、あえて場面をすっ飛ばしたわけだが、やるべき目標が、良くも悪くもはっきり見えてきた今となっては、わたしの私情で飛ばした布石をそのまま放置しておくのもちょっと気持ち悪い。

やり残しがあるようで。

この際回収できる伏線は回収しておこう、たとえそれが死亡フラグであっても。

などと言うと、これもまるで死地に赴くようで大層縁起が悪いけれど……、沃野くんと一対一で話すことで、自然ネガティブに傾いた気分を一新する意味でも、少しだけ回想させていただく。

前回、麗さんに拉致されたときに乗せられたのは、20度以上のカーブには対応できないんじゃないかというくらいに胴体の長いリムジンだったけれど、当然ながら、琵琶湖中央の人工島まで、富裕層向けの吊り橋は渡されていない（琵琶湖自体には橋がかかっている。らしい、南のほうに）。

ならば、空路か、海路か？

さあ、どっちだと思う（むかつくキャラ）？

クライアントとしては、遊び人と軍事兵器をやり取りする運送業者だけに、軍事ヘリからパラシュートダイブという怒濤の展開を期待したいところだったが、残念ながら、それだと『トゥエンティーズ』的にはお預かりした商品に手をつけることになるし、また、昔やったことがあるそうだ。

あったっけ？

と思ったが、『零崎人識《ぜろざきひとしき》の人間関係　無桐伊織《むとういおり》との関係』でのことらしい——確かにあれも島での事件だったけれど、別シリーズじゃねえか！

麗さん、人類最強の友達がいるの？

だとしたら今まで以上にへつらわないと。

どっちみち、体力班の生足くんならいざ知らず、わたしの運動神経で、高々度からのダイブなんて冗談じゃない——さりとて、ヘリを着陸させるわけにはいかないし、なので必然的に、正解は海路である。

しかしそれも、完答とは言いにくい。

なぜなら、海路という場合、普通は船を想定する——しかし今回、わたしが『トゥエンティーズ』にお願いした依頼は、ただ上陸できればいいという達成条件ではない。秘密裏に上陸したかったのだ。

つまり、ヘリを着陸させられないのと同じで、ステルス性に欠ける——はっきり言えば遮るものなく丸見えの帆船なんてのは、問題外であった。

そんな注文の多い、職人でもないのに職人肌の、うるさい依頼人の希望を叶える交通手段として（合法でも非合法でも、商売っていうのは大変だ）、かの犯罪集団がわたしに提供したサービスは、なんと、潜水艦だった。

小ぶりな一隻ではあったので、正しくは潜水艇と言うべきなのか？　しかし、小ぶりであろうとなんであろうと、見た目は完全に無欠で潜水艦だった——だって、砲台とかついてたもの。

いやいやいやいやいやいや。

真面目な話、そこまでの豪奢な交通手段を採用していなければ、わたしの私財、つまるところの秘密のアイテムは、もうちょっと手元に残ったんじゃないのかな？

まことに首を傾げざるを得ない。

こう言うのを押し売りと言うのでは……、『トゥエンティーズ』から借金漬けにさせられるほど、恨みを買った覚えは……、覚えは……、まあ、ないこともない。誘拐された拉致されたと盛んにわめきちらしているけれど、美少年探偵団のほうだって、向こうのメンバーを人質に取って交渉したりしたもんね。

わかっていただけただろうか？

わたしが麗さんとのやり取りのくだりを飛ばしたのは、あのくだりでまさかの潜水艦なんて登場させたら、その後の五重塔の衝撃が若干薄まってしまうと考えたからでもあったわけだ——巧みな段取りと褒めていただきたい。

人生であと乗っていない乗り物は、成功という名の列車くらいのものだな。

もっとも、ならばそのまま忘れた振りを続けていてもよかったのだけれど、ここで思い出した振りをしたのに、まったく前向きな理由がないわけでもない……、気分一新、リフレッシュしたいのとは別に、潜水艦内での、麗さんの会話を振り返るには、実にいいタイミングでもあったのだ。

組織の首領であるはずの麗さんは、しかしわたしの送り出しという大切な仕事を部下任せにせず、恐れ多くも潜水艦の中まで付き添ってくれた。

久し振りに会う妖艶《ようえん》な美女。

前に会ったときは、背中の大きく開いたセクシーな衣服を着ていたけれど、今回、艦内で向かい合う彼女は、別パターンのセクシーだった。

タンクトップにヨガタイツ。

髪をポニーテールにまとめていた。

本当に朝ご飯前のエクササイズとしてわたしからの依頼を引き受けてくれたわけでもないだろうけれど、日本人でその格好で表を出歩く人、初めてお目にかかりましたよ。健康的セクシーと言うか、美少年探偵団的には健康美と言うか、普通、タイツの上にショートパンツを穿くよね。

逆生足くん？

対するわたしは、乗り物が潜水艦だからなのか、潜水服を着せられていた……、いざというときに備えてのことなのかもしれないけれど、落差がすごい。

落差と言うより、これは格差だ。

もしや相対性の伏線だったのか？

なぜこれから敵地に乗り込もうというわたしが、美女の引き立て役を演じているのだろう……、まあ、麗さんだったら、潜水服でも学ランでも、さすがにわたしが除けたブルマーでさえも、美麗に着こなしてしまうのかもしれない。

『美麗のレイ』だ。

わたしなんかは、精一杯メイクアップして、お洋服も仕立ててもらって、それでようやく、命からがら美少年に化けているのだけれど、何を着てもさまになる人というのもいるわけだ。

「私がカリスマ性を維持するために何の努力もしていないみたいに言われるのは大変不愉快だわね、眉美ちゃん——かと言って、ボディを引き締めるための努力を評価されるのも御免こうむるけれど」

じゃあどうすれば？

一生黙っていればいいのだろうか。

天才児くん以上の無口キャラになれと？

「いえいえ、目的地まで十五分くらいの所要時間を、お互いむっつり黙って過ごすのも退屈でしょう。こうして久し振りに会った眉美ちゃんに、折角だから訊きたいことがあるのよ」

「はあ」

一生黙っていろと言われると困るが、十五分程度の沈黙は、根暗なわたしにとって何の支障にもならないけれども……、この身を運んでもらっている手前、主導権、文字通りのハンドルを握っているに等しい人物からの提案を無下にはできない。

気さくなタクシーの運転手さんに話しかけられたときって、こんな感じなのかな？

潜水艦にハンドルがあるのかどうか知らないが。

「わたしの近況が知りたいということですね？　ええ、麗さんに誘拐されてからわたしは、いろんな目に――」

「その辺はいいのよ」

近況報告をばっさり切り捨てられた。

てっきりわたしに興味がないのかと思ったけれど、そうでもなく、『その辺』の事情は、わたしからの報告を受けるまでもなく、承知しているとのことだった――札槻くんから聞いて。

わたしのストーカーか、あの遊び人。

こんな美人をさしおいてわたしをストーキングするなよ。

「個人情報の運搬もお仕事なんでしたっけ。すごいですね」

「あらあら、眉美ちゃんったら、犯罪者への皮肉かしら」

「いえ、おべんちゃらじゃなくって、本当にすごいと思っているんですよ。信じてください。わたしが麗さんに嘘をついたことがありますか？　きっと『トゥエンティーズ』なら、一晩で世界中の子供達にプレゼントを配ることだって可能ですね」

「サンタクロースが一晩でプレゼントを配り切れるわけがないって言うけれど、世界中にいい子が五人くらいしかいないと考えれば、まあできなくはないわよね」

大人の風刺である。

子供としてはたじたじだ――こんな気まずい時間を過ごすくらいだったら、湖底を潜行したりせず、砲台から人工島を爆撃してもらえばよかった。

今から思えば、本当にそうしておけば、厄介な任務を沃野くんから与えられることもなく、五重塔学園を崩壊させることができたのだけれど……、いや、世界中のいい子ならぬ、日本中のエリートを抹殺するのが、わたしのやりたいことではない。

胎教委員会より酷《ひど》い。

「札槻くんから仕事を離れた茶飲み話で聞いただけよ。あなたの個人情報は」

「さいですか」

そっちのほうが怖いですね。

わたし周辺の治安が悪過ぎる。

「で、訊きたいことってなんですか？」

「そう身構えなくても大丈夫よ。前に訊いたことをもう一回訊くだけだから――そんな格好をしておいてもらってなんだけれど」

そんな格好？　この潜水服のこと？

て言うか、前に何か訊かれたっけ？

「そのリアクションじゃ、脈はなさそうね。眉美ちゃんにとっては、もう過去の事象になってそう。でも、一応この質問は仕事を離れていない、我が社の運ぶべき『荷物』のひとつだから——たとえ宛先が住所を変更していなかったとしても、転送しないと」

「？」

運送業者のたとえ話が、込み入っているな……、そこはすぱっと言ってくれていいんだけれど。

無茶な頼みごとをしてしまった手前、わたしとて気後れしているから、今なら大抵の質問には答えるつもりだ。

五人の美少年の中で、ひとりだけ見捨てるなら誰？　みたいな質問かな？

だったらあいつだ。

「眉美ちゃん、宇宙飛行士になるつもりはないの？」

「え？」

あ、そんな格好って、そういうこと？

確かに潜水服は、宇宙服に似ている。

宇宙飛行士になるための訓練を深海の環境でおこなうなんてプログラムもあるくらいだし——けれど、その話、まだ生きていたの？

その話——そのスカウト。

それこそ前回、麗さんが嘘みたいに背中の開いた衣服を着ていたときのおはなしである……、わたしは彼女を通じて、そんな誘致を受けていた。

誘致を受けていたと言うか、元々、希望を出していたのはこちらである——それを住所変更と言っていいものかどうか、たとえの適切さはともかくとして、わたしはその昔、宇宙飛行士になりたいなんて思っていたのである。

そんな身の丈を超えた夢を夢見ていたのは、むろん、十年前に目撃した、わたしにしか見えなかった星の発見と、無関係ではない。

星々に、宇宙に強い関心を抱き。

そのためにもわたしは、毎夜毎夜、暗黒星を探し求めていたのである——今から思えば努力の方向性が完璧に間違っている。宇宙飛行士になりたかったら、体力をつけるなり語学力をつけるなり、あるいはコミュニケーション力をつけるなり、他にすることがわんさかある。

そちらは難易度が高そうだから（特に最後の、『コミュニケーション力をつける』がきつそう）、自分でもできそうな、屋上に立っていればいいだけのたやすい努力を選んだという心理が見え見えである——視力のことは言い訳にはならない。

「私の母親よりも生きていたわよ」

アメリカンジョークみたいな言い回しだけれど、それ、笑っていい奴？

「生きていたも何も、あなたを宇宙飛行士にスカウトしたぐんた――組織は、むしろあなたが断ったことを喜んでいたわよ」

「軍隊って言いかけました？」

「『ここで甘い誘いに飛びついてくるようでは逆に見込みはない。今のはお前を試したのだ』と」

「ふざけてます？」

「ふざけた話だとは思っているわよ、私は、個人的には。誉れ高き『トゥエンティーズ』も、とんだ道化の役回りよね。だけど眉美ちゃん、一度断ったくらいで相手が引いてくれると思うのも、甘ちゃんなんじゃないの？」

んー、大人の理論。

と言うより、組織の論理かな。

確かに、スカウトを辞退されたからと言ってすごすご撤退するのでは、子供の遣いということになるだろう――仲介する麗さんの立場としても、それは寸分変わるまい。こんな程度で、しつこいなんて思ってはならない。

まあ、それ以前から、執拗なのはわかっていた。

なにせ、十年前に、見えない星を――見てはならない星を目撃したわたしを、十年間追尾し続けた集団である。宇宙単位で見れば、十年なんてのは、一昔でさえないのだろうし……、たとえ口止め料のつもりだろうと、わたしごときをそこまで評価してもらえるのは、光栄でもある。

「口止め料ねえ。どうなのかしら。これは私の個人的な推察だけれど、元々彼らが眉美ちゃんを十年間見張っていたり、拉致しようとしたりしたのも、最初からそのつもりだったんじゃないかって読みも、ないではないと思うんだけれど……」

「そのつもりって……、一貫してわたしをスカウトするつもりだったって言うんですか？　不祥事の目撃者を消そうとしていたわけではなく？　そんな見苦しい釈明みたいなことを言われましても……」

「敵や邪魔者は身内に取り込んでしまったほうが手っ取り早いというのも、世間ずれしたやり口ではあるしね。私もそんな風に『トゥエンティーズ』を構成した――とは言え、眉美ちゃんとしては、もちろんこんな馬鹿げた誘いは一蹴するのよね？」

「はい？　あ、ええ。うん。しますけれど」

「ん。微妙な反応ね。しないのかしら？」

麗さんは本当に意外そうに、わたしの表情をじっと見た――艦内でも外していなかったサングラス、と言うより、犯罪者御用達《ごようたし》のアイウェアと言ったほうが正確そうなガジェットを外して、素顔でわたしを直視する。そのアイウェアも、わたしのみたいに特殊な眼鏡なのかしらん？

軍事兵器？

「まだ相手側に未練があることがわかって、心が動いちゃったりしている？　顧客の悪口を言うつもりはないから、これはあくまで一般論だけれど、一途に待ち続けてくれたことなんて、誠意とは関係ないわよ？」

一途ってわけじゃないでしょうし——と、麗さん。

まあ、大規模な組織で動いているのなら、わたしのことなど、一途どころか、二股や三《さん》叉《さ》路では済まない、数多い関心対象のひとつであることは確かだろう——いくらでも代替案があるに違いない。

それに、もしも未練があるのだとすれば、それは彼らではなく、やはりわたしのほうにある。

わたしが未練たらたらなのだ。

宇宙飛行士なんて、思えば馬鹿な夢を見ていたものだよね——本当はそんなつもりもなかったのに、言ってみたかっただけだよね——とか、踊さんよろしく、過去の自分を恥じられればいいのかもしれないけれど、ことはそう単純ではなさそうだった。

踊さんとは違う。まだ大人になれていない。

少年の心だ。

「『その生きかたは、美しくない』——と、あのとき眉美ちゃんはにべもなく断ったけれど、でも、そう言えばあれって、あなたの現リーダーの言葉であって、あなたの言葉じゃなかったわよね。ボスの意に恭順するというのは、なんとも日本的で美しい姿勢だと感心するし、私もひとりのボスとして、そうでなくっちゃとも思うけれど、でも、今、孤立してみたところで訊かれると、どうかしら？　リーダーも、他の美少年くん達もいない状況でスカウトを受けると、答は変わっちゃうのかしら？」

「…………」

「勘違いしないでね、眉美ちゃんがひとりになったタイミングを見計らって、再び秋波を送ろうなんてこすい算段じゃないわよ——私はあくまで運搬人なんだから。あのときと同様に、にべもなく断ってくれて構わない。ただ、『一度断った話だから』って理由で、また断るのはやめてほしいかしら——意見なんてころころ変えていいのよ？」

「変えていいんですか」

「信念を変えなきゃね」

信念だって変えてもいいけど、信号みたいに、と麗さんは言うのだった……、仕事は仕事でも、本当に、時間潰しのための話題提供という感じのいい加減さだな。少なくとも、わたしの将来をおもんぱかってくれているわけではなさそうだ……、孤立したタイミングを狙ったわけじゃないというのも本当だろう。

ただ、あの日以来、わたしが美少年のボディーガードを受けていないタイミングが、今日しかなかったというだけのことでもある——やれやれ。

「あの——麗さんは、どうして犯罪者になったんですか?」

「すごいことを訊くわね、眉美ちゃん」

「いえ、自分の将来みたいなものを考えてみると、大人の職業選択の動機を知りたくなって」

「犯罪者は職業じゃないわよ。どちらかと言えば趣味に近いんじゃないかしら」

ジョブじゃなくジョイか。

イッツ・マイ・ジョブとイッツ・マイ・ジョイは、言っていることは正反対でも、言わんとするところは同じという気もするけれど。

「でも、答えてあげる。変な話を振ったのは私のほうだしね——私の場合は、自分ではそのつもりはなかったけれど、いつの間にか社会から犯罪者扱いされていたって感じかしらね」

「怖い話ですね」

「ありふれた話よ。社会からしたら、怖いのは私だろうし。『まあ、これくらいなら許されるだろう。私には事情があるし』って、勝手に思っていた。要するに見込みが甘かったわけだけれど、でも他の生きかたがあったわけでもないし？　あるタイミングで『犯罪者になりますか？　なりませんか？』って選択肢が、私の前に出現したわけじゃない——」

「……選べるわたしは幸運ですか」

「さあね。選んでもその通りになるとは限らないし。引っかけ問題かもしれない。ここで眉美ちゃんが、『宇宙飛行士になります！』って返事をしたら、『引っかかったな！』って、銃殺される展開が待ち受けているのかもしれない」

どんな可能性だ。

けれど、銃殺は冗談にしたって、ある選択をしたからと言って、決して選んだ通りになるわけじゃないというのも真実である……、いつの間にか真逆のルートを歩んでいても、ちっともおかしくはない。

引っかかったな、か。

「実際、眉美ちゃんも気をつけてね。『これくらいなら許されるだろう』って気持ちで夜中の美術館に忍び込んだりしたら、懲役十九年の罪に問われるかもしれないから」

ジャン・バルジャンか。

飢えた子のためにパンを盗んだとかならともかく、わたしの場合、自分がモデルのヌード絵画を取り戻すため、とかだった。情状酌量の余地がないわけではないけれど、同情の余地はないかもしれない。

それにしても、わたしの個人情報がダダ漏れである——個人情報と言うか、犯歴というか。今もこうして、片棒を担いでもらっているわけだし……。

「どう転ぶにしても、将来があるだけマシってことかしら」

「大人になったらなくなりますか。将来」

「なくならない。七十歳から夢を見て、九十歳で叶える人もいる——私にはないってだけ。だからこうしてもじもじしている眉美ちゃんを見ていると、歯がゆいってのはあるかな」

まさかわたしごときがこんな美女に羨ましがられているわけではなかろうが、しかし人は結局、自分にはないものを求めるという。思い起こせば、わたしが美少年探偵団に入団したのも、自分にはない美しさを求めてのことだった——積極的な姿勢に見えて、それは結局、ないものねだりでもある。

「だけど、あるものをねだってどうするんだって話ですよね？」

「でも、大抵の人はそうなんじゃない？　お金持ちは、お金持ちなのに、お金を求めるでしょう？　得意分野を自分の将来に据えるのも、同じようなものでしょうし——野球がうまいから野球選手になって、『サッカー選手になりたかったなあ』って思うのが、大抵の人なんじゃないかしら」

「大抵の人」

「つまり大人ってことと」

大きな人だから大人なんじゃなくて、大抵の人だから大人——逆に言うと、子供はいつだってマイノリティなのだ。

少子高齢化社会の歪み？

ともあれ、いろいろ考察することができそうな、含蓄のある麗さんの来歴だった——だからと言って何がわかったというわけでもないけれど、そして、だからああしようこうしようでもないけれど、ただし、わたしの未熟さで迷うようなそぶりを見せてしまったものの、最初の質問に対する答は、客観的には、決まり切っていた。

主観的にも。

麗さんの予測通りである——わたしには将来性もなければ、意外性もない。

「お断りします。末筆ではございますが、貴社のますますのご発展をお祈りいたします」

「やっぱり、そうよね——お断りする理由は、『その生きかたは、美しくない』からでいいのよね？」

「いえ、違くて、問題視されていたわたしの過剰な視力なんですけれど、近いうちに喪失することが確定していまして——具体的にはこの三月には、さっぱりなくなっちゃいそうなんですよね」

敵とは言わないまでも、一度は決定的に対立した『トゥエンティーズ』相手にプライバシーに該当する事情を開示するのに躊躇がなかったわけでもないけれど、しかし、ここまでの会話から察する限り、わたしの個人情報など、どうせ調査済みだろう——まだ知らなかったとしても、隠す意味はほとんどあるまい。

むしろ断りやすい。

「なので、宇宙飛行士にはなれません」

「どうして？　目が見えなければ、宇宙には行けない？」

「ん」

え？　いや、そりゃ行けないでしょう？

わたしだってそんな希望を抱いていた頃に、その職業について、何も勉強していなかったわけじゃない……、宇宙飛行士の資格の、もっとも重要な項目のひとつが視力であることは言うまでもない。

ベースがパイロットだからなのかな？

組織にもよるだろうけれど、矯正視力で1・0以上は欲しいところじゃないだろうか……、わたしを誘拐した『ぐんた』が、こうもしつこくわたしに粉をかけてくるのは、口止め料云々もあるにしたって、現実的には、わたしの特異な視力を見込んでのことでもあるだろう。

目が綺麗だとか言われると、脊髄《せきずい》反射的に反抗していた頃のわたしなら、そんな算盤《そろばん》の弾きかたをされただけで誘いをお断りする十分な動機になったけれど……、今はその逆の状況である。

失うとわかっている『美点』を担保に職を、まして将来を獲得しようなんてのは、これはもう、詐欺みたいなものだろう。

わたしはクズだが、そういうクズではないのだ。

ただ……、改めて『目が見えなければ、宇宙には行けない？』と正面から尋ねられてしまうと、それはどうなんだろう？

断る理由になるのか？

それは、相手が断る理由であって、わたしが断る理由ではなくないか？　断りやすくて便利——なんて、そんなのはわたしの葛藤への解決策でしかないのでは？　夢への解決策では、まったくない？

わたしは今、楽をしようとしているように、見える、のか？

ルールだから仕方ない、法には従います、と言うのは、まるで『試合に負けて勝負に勝った』みたいな印象のある言葉だけれど……、別に勝負に勝ってもいないのに。

ものわかりのいい、いい子か？

とは言え、現実問題としてなれないものはなれないのでは……、と半畳を入れるのは簡単だけれど、それは故意に簡単にしているような気もする——なるほど、確かに資格条項をひもとく限り、『目が見えなければ宇宙飛行士にはなれない』だろう。

じゃあ、目が見えたらなれるかと言われれば、それは違う——基本的に、人類の99パーセント以上は、宇宙飛行士にはなれない。

アイドルファンを『どんなに応援したって、別に付き合えるわけじゃないんだから』と揶揄《やゆ》するクラスメイトと同じで、それを言ったら、アイドルのみならず、人は、ほとんどの異性と付き合えるわけじゃない……、もしもわたしが該当するアイドルファンだったとして、付き合えないのは、たぶん推しがアイドルだからじゃない。

ありえないような偶然が重なってわたしはスカウトを、しかも二度にわたって受けているけれど、もしもわたしの過剰な視力が一生モノだったとしても、たったそれだけでアサインされていたかと言えば、怪しいものだ。

わたしが宇宙飛行士になれない理由はいくらでもある――無数にあって無限にある。『その生きかたは、美しくない』からという理由にしたって、あくまでそのうちのひとつである。

けれど今回、わたしが選んだ『なれない理由』は、それじゃあなかった――どうしてわたしは、そう答えさせようとした麗さんの促しに、素直に応じなかった？

体裁を整えようとしたのか？

場都合が悪かったのか？

「その『目』を理由に、何かを『する』っていうのならわかる――だけど、その『目』を理由に、何かを『しない』っていうのはわからないのよ。トラウマがあるから犯罪者になるっていうのはわかるけれど、トラウマがあるから真っ当になれなかったっていうのがわからないみたいなものかしら」

私が私であることは、選択肢を増やしたり、変えたりする原因にはなっても、減らしたり、なくしたりする原因にはならない――と、麗さん。

「いえ、決して誤解しないでね。眉美ちゃん。与えられた困難にくじけず、夢を諦めず、逆境に立ち向かって努力をするべきだ――なんて言うつもりはないのよ。私は困難にくじけて楽な道を選んで、夢を諦めて、逆境に従い、努力をしないことで、犯罪者になったんだから――それが不幸だとも思っていない」

不孝ではあったかもしれないけれど、と、麗さんはおどけてみせる。

母親は生きてるんだっけ？

何が本当でどこが嘘でも、孝行娘って感じじゃないか。

「ただ、単純に疑問で、不思議なのよ。わけがわからなくてたまらないの。これは顧客に託された荷物とかじゃなく、シンプルな私の疑問であり、複雑なあなたの不可解なのよ。女の子なのに美少年探偵団に入ってみせた眉美ちゃんが、どうして目が見えないからって、宇宙のことを諦めるの？」

「…………」

「どうして？」

なんとも素朴なその質問は、ビジネス上の荷物ではないと強調されつつも、しかしながら犯罪集団の首領から託された、島への持ち込み制限に引っかかりそうなくらいの――途轍もない重荷だった。

20 プラン作成

話を戻すと、胎教委員会の尻拭《しりぬぐ》いみたいな真似をする羽目になったのは、まことに人生は奇々怪々と言うしかないが、とりあえず真っ先に思いつくプランは、彼らのほうにこそ、わたしを発見してもらうという案だ――こちらからは紛れて見えないというのなら、わたしが注目を浴びればいい。

深淵を覗くとき、深淵もまたわたしを覗いているのだ。

美少年とてしかり。

まさか記憶まで平均化されているわけでもあるまい……、たとえばわたしが放送室をジャックして、あなた達のスーパーヒーローが迎えに来たよとわめき立てれば、その後どんな立場に置かれるかはともかく、わたしの上陸を知らせることができる。

いいプランだ。

しかしこれは、真っ先に却下するしかないプランでもある……、隠れ蓑に頼るのをやめて、学ラン姿でうろつくことで既にある程度実践していた案でもあるわけだし、確かに、見つけてもらうことはできるかもしれない。

そこまで派手な行動を取らなくても、わたしが引き続き校内をうろうろしていれば、確率的に、いずれは彼らと遭遇しうる——けれど、『美観』と『美声』が別物であるように、見つけてもらうことと、声をかけてもらうことは、別問題だ。

あるいは隠れ蓑をまとっていた頃のわたしに気付いた生徒達の中に、ひょっとするとう五人のうちの誰かがいたのかもしれない……、けれど、仮にわたしに気付いても、発見者がスルーした公算は高い。

スルーしたとしても責められない。

他ならぬこのわたしだって美少年探偵団に入る前は、生徒会長とも、番長とも、かかわりを持とうとはしなかった——陸上部のエースにも、財団の跡取りにも、近付こうとはしなかった。

いい、い、い、い、い。

それが普通の考えだから。

指輪学園での彼らならばいざ知らず、胎教学園での彼らは、わたし程度のちっぽけな輝きであろうと、その光を避けての学園生活を願っているかも……、少なくとも、隠れ蓑を看破していたはずの生徒達は、きっとそんな気持ちで、わたしをスルーしたのだ。

感知はしても、関知したくないと。

見えても、見なかったことに——なので、わたしにはプランBが必要だ。

Aじゃなくて B。

わかりきったことを付記しておくと、わたしがアーチェリー女学院で困難に直面したときに採用した、プランMの憑依《ひょうい》作戦は使えない……、五人の美少年になりきってブレストするあのごっこ遊びは、確かに結果を残してはいるけれど、今回に限っては、その五つの頭脳が、既に敵方に飲み込まれているのである。

なんてことだ。

手を組んだとは言え、沃野くんがあてになるわけもないし……、今度こそ、今度の今度こそ、わたしひとりで考えるしかない。砂漠の中から針を探すような――もとい、砂漠の中から砂粒を探すようなプランBを。

プランBのBは、ビューティーのBだ――ただ、わたしもひたすら苦境にあるばかりではない。

こんなわたしにも救いはある。意外なことに。

前向きに考えるのは得意ではないけれど、死中に活を見出すならば、実はこれは得難いチャンスでもあるのだ――わたしもただただ、沃野くんに、いいように使われてしまっているわけではない。

ちゃんとディールは成立している。

普段、存在意義自体がふわふわしている彼の目的は、今回に限ってははっきり示されていて、それはこの状況の打破だ……、なのでわたしに五人の美少年を発見させることを、そのための軸に据えようと（たぶん）考えている。

むろん、そこまで期待されているわけでもないだろう……、沃野くんにしてみれば、適当に打った策のひとつに過ぎない。すべての選択が物の弾みみたいな、ゲーム理論も行動経済学もまったく通用しない、どこにでもいる普通の中学生なのである。気まぐれであることにさえ気まぐれなのだ。

だからこそ、わたしの要求も通った。

「もしもわたしが」

こう言ったのだ。

「みんなを見つけたら、会わせてくれるかしら？　沃野くんの上司であるところの——わたしのかつてのルームメイトの、お祖父《じい》さまに」

胎教委員会の不名誉委員長、美作美作に。

言ってはみたものの、これは本来、公平性を欠いた申し出だった……、わたしは別に、頼まれなくっても、五人の美少年を探し続けるつもりだったのだから。

彼らからしてみれば、そんな約束をするのは、泥棒に追い銭もいいところである……、

便乗して何を言っているのだと突っ込まれても仕方のない局面ではあったけれど、しかし沃野くんは、

「呑《の》むよ。その条件」

と、微笑した。

「話し合いが必要だろうからね——どうせ。なんなら、今すぐ会わせてあげてもいいくらいだ。瞳島、案外、おたくのような生徒のために、胎教学園は——そして胎教委員会は、あるのかもしれないのだから」

また適当なことを言っている。のか？

真意が読めな過ぎて、振り返ってみればぜんぜん取引になっていない感じでもあったが、ひとまずはその口約束だけで十分、十二分だ。万を持してメンバーと再会しようというときに、手ぶらってのも締まらない話だし……、状況が整理できたところで、さて、どうする？

ビューティーだろうとブラボーだろうと、プランは？

とりあえず、校内を自由に徘徊する許可は得たが——沃野くんに『廊下パス』なるものをいただいた。アメリカンハイスクールかよ——、うろうろしているだけでは、埒《らち》があかないのはもうわかっている。

さりとて、手当たり次第の積極的な聞き込みに、意味があるとも思えない。

と言うのも、覚悟を決めて、その辺の男子生徒に話しかけてみても、どうにも要領を得ないのである——要領の得なさで言えば、指輪学園での聞き取り調査とどっこいどっこいなのだけれど、しかし胎教学園での調査が滞るのは、どうもわたしのほうに問題があるようだ。

胎教学園の生徒に話を聞いても——折角質問に答えてもらっても、それがうまく印象に残らないと言うか……、彼らの意見の趣意を汲み取ることができない。

訊いておきながら、聞き流してしまう。

我ながら、とんでもなく失礼な奴だ……、が、それこそが、今、この野良間島で起きている現象なのだろう。

誰の意見も重要視できない。突出しない。

すべてが平等で、公平で、均《なら》されている。

打たれるまでもなく、杭《くい》が地面に埋まっている——引っかかりもないし、とっかかりにもならない、のっぺりとした質疑応答にしかならない。よく無個性なキャラクターを形容する際の表現として、『すれ違ったら、もう相手の顔を覚えていない』みたいな文章があるけれども、胎教学園の生徒は、話している最中に、もう相手の顔がわからなくなる——

教壇に置かれている出席簿を見ても、誰の名前も、同じようにしか見えない。

人間がゲシュタルト崩壊している。

みんな同率の、出席番号一番にしか見えないのだ……、ここまで来ると、なんだか不気味になってきた。彼らがおのおのの地元では、美少年探偵団の面々に匹敵するほどの、エリートだったなんて、とても信じられない。

素晴らしい芸術作品ばかりを集めた美術館も、演出を間違えれば、のっぺりとした空間にしかならないようなものだろうか……、確かに、ルーブル美術館だって、『そのほうがユーザーフレンドリーだろう』とか言って、モナリザとミロのヴィーナスとサモトラケのニケを、ワンルームに横並びで展示したりはしないもんね。

先輩くんとか不良くんとか、一度話したら、それが一生の思い出になりかねない相手だし、生足くんとか天才児くんとか、いつまでも話していたくなる可愛さなのに――天才児くんは寡黙なのだが、そんな個性も、ここでは失われているんだろうか？

お喋りな天才児くんなんて、正直、想像もつかないんだけど……、でも、既に彼らと会っていて、おはなしを聞いているのに、わたしがそれに気付いていないだけなのかもしれないと思うと、手の打ちようがない。

なんだろうな。

こういうのが一番厄介って気がする。

誰の思い通りにもなっていない苦境……、これがもしも、胎教委員会の壮大なる教育改革の成果なのだとすれば、その企図を逆手《さかて》に取ることもできるのだろうが（十八番だ、意識高い系の揚げ足を取るのこそは、このわたしの）、この失敗は成功のための一歩だなんて言われても、今のところは嘘つけとしか思えない。

かと言って、その失敗を批難もできない。

むろん批准もできないが、誘いに応じ、敵の懐に飛び込む形で、野良間島に上陸した我らが美少年探偵団にしたって、なすすべもなく――かどうかは定かではないけれど、巨大な五重塔に飲み込まれている。ミイラ取りがミイラを地で行くこの結果が、彼ら五人の作戦通りであるはずもないのだ。

作戦は失敗している。ひとつ残らず、ひとり残らず。

集められた生徒達も、教師陣も――たぶん、胎教委員会に協力・支援していると思われる野良間杯氏にしたって、もちろん各々考えがあったはずだろうが、まさかこんなわけのわからない、不毛な結果を望んでいたわけがあるまい。

誰も目的を達成していないし。

誰も幸せになっていない。

ただのカオスだ――けれど、この厄介な状況こそが、現状を突破するための鍵かもしれないと、開き直ってわたしは考える。

胎教委員会だって失敗する。

美少年探偵団だって失敗する。

上位1パーセントみたいなエリート陣だって――だからってわたしも失敗していいことにはならないけれど、少なくとも、なるべくしてなった自然現象のようなものを相手にしているのだと考えれば、誰かの高潔なる意図や、堅い志をへし折るストレスとは、今回は無縁だし。

そして、厄介ではあっても、隙はあるってことだ。

建築技術の粋を集めたような五重塔にはそりゃあ圧倒されたけれど、これはパーフェクトに演出された精密なるシチュエーションじゃない……、どんな困難な状況であれど、それが隅々まで徹底されてはいないはずなんだ。

なるほど、事情聴取はただ滑《すべ》りした。

学園の見回りも、功を奏さない。

それでも、手段はあるはず――胎教委員会や美少年ズ同様に、わたしもまた、何かを見落としているはずなんだ。なんてことのないことを、迂闊にも――それにこのまま気付けないと、わたしもまた、この学園に取り込まれてしまうのだろうか。

個性を失い、平均化されてしまうのだろうか。

いや、沃野くんはああ言ったし、わたしも今の今までそうなると思っていたけれど、もしかするとわたしはこの学園にとってはどこまでも異物であって、混ざることも、溶け込むこともできない可能性もある……、そういうのを輝きと言っていいのかどうかはわからないけれど、99パーセントの選《え》りすぐりが普通なら、1パーセントの普通は、ある意味選りすぐりだ。

逆エリートとして珍重され続けてもおかしくはない。

ただまあ、タイムリミットがないのだとしても、悠長にだらだらしてはいられない——五重塔から離れた場所に寮もあるらしく、部屋も提供してくれるらしいけれど、島内に定住してしまってどうする。

五重塔学園に取り込まれることはなくとも、そんな風に衣食住の面倒を見られ続けていれば、胎教委員会や沃野くんに、おめおめと取り込まれてしまいかねない……、う-ん、彼らを憑依させることはできないけれど、札槻くんや『トゥエンティーズ』なら、この課題に対して、どう立ち振る舞うかな?

想像することくらいは……、ああいう超個性的な人達が一番、この学園に取り込まれや

すいのかもしれないけれど……、まあそれに、札槻くんも麗さんも、リーダーのことを
——リーダーのことを?

「……えっと」

ちょっと、うろつく。無意味に校内を散歩する。

ん……、いや、どうだっけ?

麗さんは……、どうだっけ、知っているんだっけ? 札槻くんだって、ちゃんとは知らないはずだ……、そしてこの件の責任者——無責任者である、沃野くんは、絶対に知らない。

双頭院学のことを。

美少年探偵団のリーダーのことを。

なぜならば、『美学のマナブ』は、『トゥエンティーズ』のリムジンでわたしと共に拉致されたときも、髪飾中学校の体育館で深夜に開催されていた違法カジノ『リーズナブル・ダウト』へとリベンジに乗り込んだときも、指輪学園の生徒会選挙でわたしの応援演説をしたときも——ここぞという場面では、必ず女装していたからだ。

美少年ではなく。

美少女と化していた。

そうだ、指輪学園中等部の生徒として活動するときは、彼はいつも女装していた——謎の女子生徒だった。

そしてその正体は、小学五年生の小五郎《こごろう》である。

だから……、もしも団長が、五重塔学園——胎教学園に、潜入調査のために、中学生として乗り込んだのなら、彼は間違いなく、美少女バージョンで乗り込んでいるはずなのだ。

ノリノリの女装で乗り込んでいるはず。

「………………」

これは単純な話じゃない。

当然、美少年ズは男子生徒の中に紛れ込んでいるとばかり思い込んで、女子生徒のほうの調査がおろそかになっていたけれど、ここからは調査範囲を広げないと——という話じゃない。

いやもちろん、そういう話でもあって、捜索の難易度が倍増くらいに高くなったようでもあるのだけれど……、それだけじゃない。

言うまでもなく、麗しき美少女なんて、この学園ではありふれた存在でしかない——アイドルスターやトップモデルみたいな女子生徒だって、この野良間島に限って言えば、愛情の注がれないモブキャラである。

キャラデザが使い回される。

だけどちょっと待って、男子小学生がウィッグをかぶり、セーラー服を着たりブルマーを穿いたりして、女子中学生に変装して学園に通っているとなれば、それはもう、唯一無二で突出した、犯罪的な個性なんじゃないだろうか？

二度見せずには、いられない。

21 美少女を探せ

それとなく沃野くんに確認してみたところ、やはり胎教学園に初等部は含まれていないそうだ……、将来的には視野にいれていなくもないけれど、現段階では、中学生だけを集めていて、このまま教育実験が頓挫《とんざ》すれば、設立されることはないだろうという話。

「小学生を誘拐するわけにはいかないからね」

いや、中学生でも駄目だよ。

まあ、エリートを選別するという目的の第一段階を実行するには、小学生段階では見極めが難しいというのはあるのかもしれない……、もうちょっと育ち、才能の有無が明確になるのを待つというスタンスは、コストパフォーマンスに優れている。

――というわけで、リーダーが女装モードで胎教学園に通っていることは、これで確定――とまでは言わないまでも、半々くらいの可能性にはなった。

沃野くんはスカウトした美少年探偵団の五人を、『彼ら五人』とずっと言っていたけれど、複数形である以上、『彼ら』の中に『彼女』が含まれていても、日本語としては間違っていない。

半々の、更に半々くらいか？　実際の確率は。

中学校の中に紛れ込んだ小学生だから、目視し、区別することは可能なはずであるというわたしの目論見が当たる見込みは――もしも『いやいや、今時、女装した男子小学生が素性を隠して中学校に通うくらい、普通にあることだよ』なんて言われたら、ぐうの音も出ない。

どうなんだ？

それも、わたしが特別に思っているだけで、特別に思ってしまうだけで、単なる独りよがりで、全国的に見れば、双頭院くんみたいに女装が得意な美少年も、わんさかいるのか？

いないとは言えないよね。

声のいいロリコンや料理のうまい番長がいるんだから、美少女にもなれる美少年がいたところで、身もふたもない話、そこまでの違和感はない……、ただ、突破口はもう、この一点しかないように感じた。

小学五年生の飛び級進学。

日本には、基本的には飛び級制度はないはずなので、中学校に足繁《あししげ》く通う小学生というだけでも、そもそも奇特なのである……、仮にいたとしても、ほんの数人くらいのものなんじゃないのか？

平均化するには、データ不足になる数だ。

何より、沃野くんや胎教委員会が、双頭院くんに関する個人情報をキャッチしていないのであれば、そこが隙となる。

昨日までなら、『いやいや、我らが怨敵《おんてき》である胎教委員会に、そんな手落ちがあるわけがない』などと決めつけて、一人合点して、勝手に案を取り下げていたかもしれないけれど、相手もミスをするし、わたし達同様に完璧《かんぺき》ではないとわかった以上、チャレンジしてみる値打ちはある。

行方不明者五名のうち、まずはリーダーを探す。

リーダーさえ見つかれば……、ええと、見つかるとどうなるかは今いちわからないけれど……、それで芋蔓式《いもづる》に他の四人も見つかるという展開はないだろうけれど……、頭脳となるリーダーが仮に特異性を保《たも》っていても、手足となる他の四人が失われていては、結局、率いるメンバーのいないリーダーの個性もまた、失われているようなものだけれど……、考えれば考えるほど悲観的になってしまうけれど……、それでも、とにかく、前進はする。

前に進めば、視界は開く。

よし。となると手段だ。

これまでアプローチがぬるかった女子生徒を中心に聞き込みをおこなうというのがとりあえずのセオリーなのだろうが、男子生徒相手の経験からすると、あまり成果は上がらなそうだ……、そして、あまり気は進まないのだけれど、女装した男子を看破すればいいのなら、わたしにはその方策がある。

透視だ。

たとえ天才児くん級の美術班が専属スタイリストとしてついていたところで、ウィッグやセーラー服を透かして見てしまえば、肉体的な雌雄の区別はたやすくつく――ええ存じておりますよ、学ランを着た男子モードのわたしがそれをやれば、かなり変態チックですよね。

しかも意中の相手は小学生である。

生得的な視力だから犯罪にはならないというだけで、やっていることは完全なる窃視行為である……、どうしてわたしが、そんなちょっとエッチな少年漫画にありがちなエチュードを演じなければならないのか。

なんの因果だ。

ここまで散々イリーガルな方法を採用してきたわたしではあるけれど、いよいよ矜持にかかわるところに来た——落ちるところまで落ちた、という感じだ。朽ちるところまで朽ちた、とも。

はっきり言えば、皮肉でもある。

アーチェリー女学院で、全校生徒のヌードが写真展で発表されるのを、身を挺《てい》して防いだはずのこのわたしが、今度は女子全員の裸を、卑劣にもこそこそ網羅《もうら》しようとしているなんて。

だが、選択の余地はない。

下校時刻になる前に実行しなければ。

女子生徒全員のヌードを確認するのに、もっとも効率のよい方法は（わたしはいったい何を考えているんだ？）、出入り口に待ち構えて、まるで小まめに服装チェックをする風紀委員のように、あるいは空港の手荷物検査のゲート職員のように、一人ずつ目視することだが……、膨大な生徒数を思うと、あまり現実的ではないな。

時間がかかり過ぎる。

裏口も開きっぱなしだし、効率はよくとも、成功率は低い。

できれば一度に全員の全裸を確認したい（文字にすると、本当にやばい思想だ）。合理性ではなく理想を追求するなら、全校集会のようなシチュエーションが望ましい――一目で全ヌードを目視できれば、それに越したことはないのだ。

罪悪感という精神的負荷も考えれば。

ただ、たとえ今日の放課後でなくとも、都合よく全校集会がおこなわれるとも思えない……、沃野くんに頼めば、それと似たような状況を作ってくれるかもしれないけれど、たとえ同盟を組んでいようと、彼に借りは作りたくない――という気持ち以上に、『なぜそんなことをするんだい？』と訊かれたとき、返答に窮する。

もしも沃野くんが、リーダーの女装に気付いていないのだとすれば、それは今後の戦略の重要な鍵になりうるのだから……、いよいよとなれば仕方ないけれど、できれば隠し通したい。

となると……、いったん五重塔から外に出て、校舎全体を眺《なが》められるところまで移動するか？　いや、駄目だ。下から見上げる形になると、どうしても死角が生まれる。真後ろが見えないのと同じで、人間の視野角には限度がある。こんな巨大建築ならば尚更だ。全体を一度に見られなければ、見落としの危険がある。

下からじゃなくて上から見られれば……。

わたしがドローンだったらなあ、と妄想をたくましくするけれど、しかし、よくよく考えたらわたしがホバリング能力を備える必要はない。だって、指輪学園で、わたしは『その場所』に通い詰めていたじゃないか――そしてわたしが、双頭院くんと初めて会った場所こそが、そこだったじゃないか。

まだ確認していなかったけれど――この五重塔。

屋上に出られる構造には、なっているのかな？

22　塔上

大切なものは目に見えない。

その教訓で有名なサンテグジュペリ著『星の王子さま』の中に、王子さまが、自分の星に咲いていたたった一本のバラが、地球では五千本も咲いていることに、強いショックを受けるくだりがある——そのとき、小さな王子さまが導かれたのと同じ結論に、わたしが辿《たど》り着《つ》くことはどうやら無理そうだけれど、しかしなんとか、五重塔の屋上に到着することはできた。

やれやれ。

昨今の安全性重視の傾向からすると、学校の屋上は閉ざされていて、立ち入り禁止になっていることが多そうだけれど、そこはノスタルジィな懐古主義の木造校舎、きっとオールスルーで外に出られるはずだと思ったわたしの推測は当たっていた——五重塔の頂点、尖塔《せんとう》になっている部分が開放されていた。

東京タワーのようではなく、エッフェル塔の展望台みたいな感じだが、落下防止用の安全ネットも張られていないという、期待以上の開放されっぷりだった……、いやあ、ハーネスがほしいな。

標高が高過ぎて、立っていられない。

自然と四つん這《よ》《ば》いになってしまう。

ただまあ、これから真下を見るのだから、安定した四つん這いの姿勢は、むしろ適切なポーズであるとも言える——まったく格好よくないけれど、わたしは格好よさを求めているわけじゃない。

美しくあればいい。

できれば少年のようであればいい。

欲を言うなら探偵のようであれば。

そして最後に、団《チーム》であればいい。

真上から校舎全体を俯瞰《ふかん》する——全校生徒のプライバシーを侵害する行為の、どこら辺に美しさを見出すかは非常に微妙で、難しいところだけれど、迷いながらできることでもない。

これはわたしにとって、過去最大の見透かしだ……、言い訳の余地なく透視だし、真上からとは言っても死角が生じないよう、視野も最大まで視野角を広げなければならないし、その上で、ひとりの見落としもあってはならない。

こんなスケールで『よ過ぎる視力』を行使したことは生まれてこのかたなかった……、どちらかと言えば、この視力を封じることばかりに汲々《きゅうきゅう》とする人生だった。それでもリーダーは、わたしの目を美しいと言ってくれた——そう言われるのが一番嫌いだったわたしの気持ちになんて、てんで構うことなく。

リーダーの元でなら。

こんな視力も、美しく使ってもらえるんじゃないかと思って、当時は依頼人だったわたしは、入団するために、美少年探偵団の扉を、再び叩《たた》いたのだった――見様見真似の男装までして。

もう遠い昔の出来事のようだ。

美少年探偵団の一員として迎えられたことが信じられなかったけれど、今じゃあメンバーでなかった頃のほうが、思い出せなくなっている。最初は一時間以上かかっていた男装も、寝ぼけたままでできるようになったし――リーダーが不在の今でも、わたしの視力の使いかたは、これでいいんだと確信できる。

短編映画祭のとき、わたしがいなくても美少年探偵団が機能することに強いショックを受けて、一度は退団を決意したわたしだったけれど――もしもここで彼らを見つけることができれば、そのときこそが、わたしにとっての巣立ちのときなのかもしれないと、ふと思った。

チームにとって自分が不必要だから退団するなんて、傲慢だった。

必要とされる人材になれたとき、初めて、独《ひと》り立《だ》ちする資格を得られるのだ――大切なものは目に見えない。だけど輝いてさえいれば、僕は絶対に見つけてみせる――リーダーはかつて、舞台の上でそう喝破した。

だったらわたしだって――否、わたしなら。

わたしなら、輝いていなくても、彼らのことを見つけられる。

わたしだけに、光輝く暗黒星。

美しくなくても、少年でなくても、探偵でさえなくても——わたし達はチームだ。

ロリコンだろうと不良だろうと半ズボンだろうとボンボンだろうと、わたしはあなた達を見失わないし、大人になっても、見放したりしない。

しないんだよ。


「はああああああああああああ——

『美観の審美眼《ビューティフル・ビューイング》』！」


咄嗟《とっさ》にいけてる技名をつけてみたのは、いけてなかった。

いっそ呪文《じゅもん》の詠唱《えいしょう》でもすればよかったかな？

実際には種も仕掛けもない、技でも魔法でもない、身もふたもないわたしの視力は、隅から隅まで樹木の塊である五重塔を隅々《すみずみ》まですり抜ける——ぎんぎんに目が冴《さ》えていくのを感じる。

美少年探偵団で、封じることなく使いたい放題に鍛《きた》えられた視力が、ここを失途とばかりに発揮される……、今のわたしなら、五重塔どころか、地球を透過して、リオでおこなわれているカーニバルまで目視できる。

カーニバルの季節かどうかは知らないけれど。

しかしまあ……、ちょっと笑える。

全校生徒を網羅しながら、全国から集められたエリート中学生をほとんど同時に透視しながら、わたしは不謹慎にも口角を上げた。

十年以上にわたって空を見上げて、見えない星を探し続けたわたしが、今は地面を向いて、見えない美少年《ほし》を探しているというのだから——だけど、そうだよね。地面を向いていても、星を見ていることに違いはない——地球も、その向こう側に広がる星々も、見ようと思えば見えるんだ。

そう。

今のわたしに、見えないものなんて——ばつん。

23 暗黒

急転した。暗転した。

停電かと思ったが、わたしが今いるのは、昼間の屋外だ——まるで病院で、レントゲンを撮影するときのような音がしたけれど、それが、自分の頭の中で響いた音なのだと気付くのに、しばらくかかった。

頭の中で——でも、脳の中じゃない。

眼球の中でした音だった。

左右の目から、ステレオのように生じた音だった——あ、終わった、と、不思議なくらい混乱することなく、わたしにはすぐに理解した。

電球が切れるときと同じだ。

今、わたしの視神経が、あるいは眼筋が、負荷に耐えきれず、ぷっつりと切れた……、自分でも驚くほど冷静にそう理解した直後に、遅れて痛みがやってきた。

目潰《めつぶ》しを食らった痛みだ。

「ぎ……、ぎゃ……、ぎゃあああああああああああああああああああああああああああ！」

なりふり構わない悲鳴をあげる。

少年どころか幼児のように、幼児どころか赤ちゃんのように、赤ちゃんどころか動物のようにわめき散らす——しかし、それで痛みが緩和されるということはない。ほんのわずかにも。

四つん這いどころか、その場でもんどりうって転げ回ることになる……、目玉が飛び出したんじゃないかと、反射的にてのひらで押さえると、火傷《やけど》するんじゃないかというほど、熱くなっていた。

これが人間の、まして自分の体温か？

焼けた鉄を眼窩に流し込まれた気分だった。

「ぎゃあああああああああああ！　あああああああ！」

動物どころか、退治される魔物の悲鳴だ。

断末魔《だんまつま》だ。

誰もいない屋上で、みっともなくのたうちながら、一方でわたしは、未だに、嫌になるほど冷静に、この事態を受け入れてもいた——当然の報《むく》いだと。お医者さんの忠告を無視して、注意を受けたあとも、視力を使い続けてきた——美術室の天井裏や床下を透視することさえ、本当はやってはいけなかったんだ。

わかっていたことだ。奇跡は起きなかった。

奇跡は起こらず、起こるべきことが起こるべくして起きた——成果も得られず、失われるべきものが失われるべくして失われた。

どれだけ強い意志があっても、視力が回復したりはしなかった。

思えばただの横着だった。

天井裏や床下を調べることは、透視能力なんてなくてもできたじゃないか……、調べたことがバレるのが嫌だったのなら、綺麗に元通りに修繕すればよかっただけの話だろう。胎教学園の女子生徒を隈《くま》なくチェックすることだって、手間を惜しまなければできたはずだ……、それを、一度で済まそうとしたのは、わたしの怠惰心でしかない。

思えばそんなことばかりだった。

わたしがこの視力でやってきたことは、どれもこれも、視力がなくても、できることばかりだった——そうなんだ。

わたしは目がいいから、美少年探偵団への入団を許されたわけじゃない。

リーダーがわたしを『美観のマユミ』にしてくれたことに、わたしの視力は関係ない……、これはわたしの美点じゃなかった。

暗転しようと、失明しようと。

わたしは今も、チームのひとりだ。

「あ——あああ……、あああああ——ああ」

立ち上がる。いや、立ち上がれない。

でも、屋上で転がり続ける遊びは、もうやり尽くした——だから、四つん這いのポーズに戻ることはできた。

改めて、真下を見る。見えないけれど。

何も見えない。

まぶたを開いている感覚はあるのに、真っ暗だ——なんだかんだで、ネガティブなわたしは、そうなったときのことをいろいろ想定していたのだけれど、まさかここまで暗闇《くらやみ》に包まれるとは。

気を抜くと、また痛みがぶり返しそうだ。

正直なところ、眼球を自分でえぐり取りたくなるくらいの熱は、今も継続している——目玉の代わりに孵化寸前のカマキリの卵でも詰め込まれたんじゃないかというくらい蠢《うごめ》いているしちっとも落ち着いてなんていない。

失ったんだという気持ちもものすごい。

肉体の一部を喪失した。ずっとコンプレックスだったとは言え、それでもわたしの一部だったのに——だけど、だからと言って、ここで悲鳴を上げ続けるのは、そう。

美しくない。

たとえわたしが美少年探偵団最後のひとりだとしても——わたしだけは団則は守り続ける。

さっき思った通りのことをしよう。

以前からわかっていたことが起きただけなんだから、間違っても、悲劇ぶったりはしない……、落ちるところまで落ちたけれど、こんなことで泣きごとを言うほど、落ちていない。

涙の粒は落とさない。どうせこの目じゃ、もう泣けないだろうし。

見えなくても見据えろ。前を。上を。仲間を。

自己犠牲なんてとんでもない。わたしは何も、犠牲にしていない。

これまでわたしがやってきたことは、視力がなくてもできたことばかりだった——だから、両目を失ったことは、捜索を中断する理由にはならない。続ける理由になるだけだ。

引き続きリーダーを探し続ける。

屋上から見下ろすプランはもう使えないから、今度は地道に、教室を見回ろう……、事情を話して、協力者を募ろう。

相手の話をちゃんと聞こう。

ど派手な技名とかじゃなく、そういう目立たない地道さこそが一番美しいんだと、わたしは今日まで、学んできたはずじゃないか。

それを思えば、わたしを包む暗闇さえ、毛布のように温かい——

「本来ならば、きみのこんな無茶を窘《たしな》めるべき立場にある僕だが、それはできそうにない——生憎僕には、学がないから」

僕にあるのは美学だけだ、と。

耳元でそう囁《ささや》かれた。

鎮痛剤のように。

「きみの目を美しいと言ったあの発言は全面的に撤回しよう、眉美くん。美しいのはきみの生きかた、そのすべてだ。僕達を探し続けてくれて、ありがとう」

「――――っ」

幻聴だ。

視覚だけじゃなく、聴覚までおかしくなってしまったのか、わたしは――一生懸命そう自制するも、沸き立つ感情に、歯止めがかからない。目が見えない状態で背中から抱き締められているのに、安心感しかない――こんな包容力を持つ人間を、わたしは他に知らない。

あの日もこんな風に、わたしを抱きとめてくれた。

でも、どうして？

なるほど、首元に回された腕の袖口《そでぐち》の感触からして、セーラー服を着ているらしいことはわかる――当てずっぽうで何の証拠もなかったわたしの推理は、どうやら的外れではなかったらしい。

でも、だからって、わたしはまだ、この学校に数いる女子生徒の中から、彼の姿を捉えてはいなかったのに――

「視線を感じたよ。僕を探す、きみの視線を。僕達を僕達として見つめ続ける、眉美くんの目を」

だから僕は。

自分を取り戻せたんだ――そう言われて。

ほんのそれだけでよかったのかと、目からうろこが落ちるような気持ちになった……、それなのに大仰に屋上になんて陣取ったりなんかして、これじゃあわたしが馬鹿みたいじゃないか。

目が潰れていてよかったと、心底思う。

こんなの、絶対に泣いちゃう――奇跡は起きなかった。

起こるべきことが、起こるべくして起こった。

愚かなわたしは、見ることばかりを考えて、見られる側の気持ちを考えていなかった――『視線を感じる』なんてのは、実際、ファンタジーとばかりも言えない。わたしの隠れ蓑に気付いた生徒達の中にも、そんな理由で、見えないはずのわたしを振り向いた者達はいただろう。

客観的であることは大切だ。

だが、主観的に見られることで、見られる側に変化が生じたりもする——見られることで美しくなるという言葉は、案外馬鹿にできたものじゃない。人目を気にしてお洒落をすることは、まったく無意味ではないのだ。

観察者効果という言葉もある。

どんな風に見られるかで、どんな人間になるかが、影から響いて、意外と決まってしまったりする——輝きの中に埋没してしまった美少年探偵団を、それでもわたしはしつこく探し続けた。

リーダーの、リーダーらしさを探し続けた。

頭上からそんな視線を、シャワーのように浴びせられたことで、双頭院くんは自分を、自分の美点を取り戻せた——僕達？

僕達って言った？

ああ、そうだ、その理屈なら——美点を奪回できるのは、リーダーだけじゃない。何もセーラー服を着て、飛び級進学をしている必要はない……、もしも、一度に全校生徒を、男女の区別なく目視しようとしたわたしの横着に、わずかなりとも意味があったとするのなら。

美声も。美食も。

美脚も。美術も。

リーダーの『美学』同様に、見る間に取り戻せるはずなんだ——ああもう、なんて都合のいい、楽観的なものの考えかたなんだろう。こんなことを考える奴の、いったいどこが根暗なのか。

だけど、これはきっと、楽観ではなく美観なのだ。

リーダー越しに背中から感じる四つのあたたかな視線が、わたしのことをそう見てくれているのだから。

24 終わりの続き

まあ背後に感じるあたたかな視線は、リーダーから愛情いっぱいに抱き締められているわたしに対する四つの殺意だった可能性である合理的な疑いを排除できないけれど、それはいったん置いておいて、とにもかくにも、これで本当に久し振りに、美少年探偵団のフルメンバーが集結した。

さあ、反撃開始だ。

美しく、少年のように、探偵をしよう。
最高のチームで――遂《つい》に光明が見えてきた。

（【影編】に続く）

あとがき

　あのときああしておけばよかった、そうしていればこんなことにはならなかったに違いないというような後悔は、いつだってどこだって、誰にだってあるものだと思いますが、本当に『ああしておけば』よかったのか、『そうしていれば』こんなことにならなかったに違いないのかどうかは、はっきり言って定かではありません。はっきり言って定かでないというのもはっきりしない話ですけど、何をしても未来はさして変わらないかもしれないし、あるいはもっと酷いことになっていたかもしれないわけです。今より酷いってどんな状況？　しかし自分では原因だと思っていることが、本質にはまるで関係なかったり、後世の分析によって判明した新事実は、びっくりするくらい定説を覆したりもしますけれど、それは未来から過去を改変したという受け取りかたも可能でしょう。左様に過去を変えることはできなくないわけで、だからといって『ああしておけば』よかった、『そうしておけば』こんなことにはというとき、本当に心からそう悔いているのかと言えば、実はそれも怪しいのではないでしょうか。現状を、つまり現在を否定したいだけで、そのために過去を否定したいだけのケースも……、これはこれで、過去の改変とも言えそうです。

とはいえども、現在を否定するときは、過去ではなく、未来を変えたいときであってほしいものですね。

本書は美少年探偵団の第十弾です。第十弾にして第十巻です。第十巻とは……、内容は瞳島眉美さんがいつも通り後悔しまくるというものではありますが、どうやら存外、それだけでもなさそうです。過去を振り返りつつも未来を見据えているような？　前巻『美少年M』から単独行動が増えてきた眉美さんですけれど、チームプレイを突き詰めていくと、こういった個人技に特化していくのかなとも思いました。本当はこの一冊でシリーズが完結する予定だったのですが、眉美さんの頑張りによって、本書は【光編】になりました。というわけで胎教委員会との対決は、次巻の【影編】に続きます。彼女が、そして彼らが、どのような完結を選択するのか、怖くもあり、楽しみでもあります。そんな感じで『美少年蜥蜴』でした。

キナコさんに描いていただいた本書の表紙は、眼鏡を外した瞳島眉美さんのピンショットです。シリーズを通して色んな服を着てきた彼女ですが、学ランも格好いいですね。最終回の表紙で眉美さんがどう描いてもらえるのか、こちらはただただ楽しみです。それでは。

西尾維新

本書は書き下ろしです。

〈著者紹介〉
西尾維新（にしお・いしん）
1981年生まれ。2002年に『クビキリサイクル』で第23回メフィスト賞を受賞し、デビュー。同作に始まる「戯言シリーズ」、初のアニメ化作品となった『化物語』に始まる〈物語〉シリーズ、『掟上今日子の備忘録』に始まる「忘却探偵シリーズ」など、著書多数。

美少年蜥蜴《びしょうねんとかげ》【光編《ひかりへん》】

2019年11月20日　第1刷発行　　定価はカバーに表示してあります
2025年 2 月25日　第4刷発行

著者……………………西尾維新《にしおいしん》

発行者…………………篠木和久
発行所…………………株式会社 講談社
〒112-8001 東京都文京区音羽2-12-21
編集03-5395-3510
販売03-5395-5817
業務03-5395-3615

KODANSHA

本文データ制作…………講談社デジタル製作
印刷……………………株式会社ＫＰＳプロダクツ
製本……………………株式会社国宝社
カバー印刷………………株式会社新藤慶昌堂
装丁フォーマット…………ムシカゴグラフィクス
本文フォーマット…………next door design

ISBN978-4-06-517422-7　N.D.C.913　180p　15cm

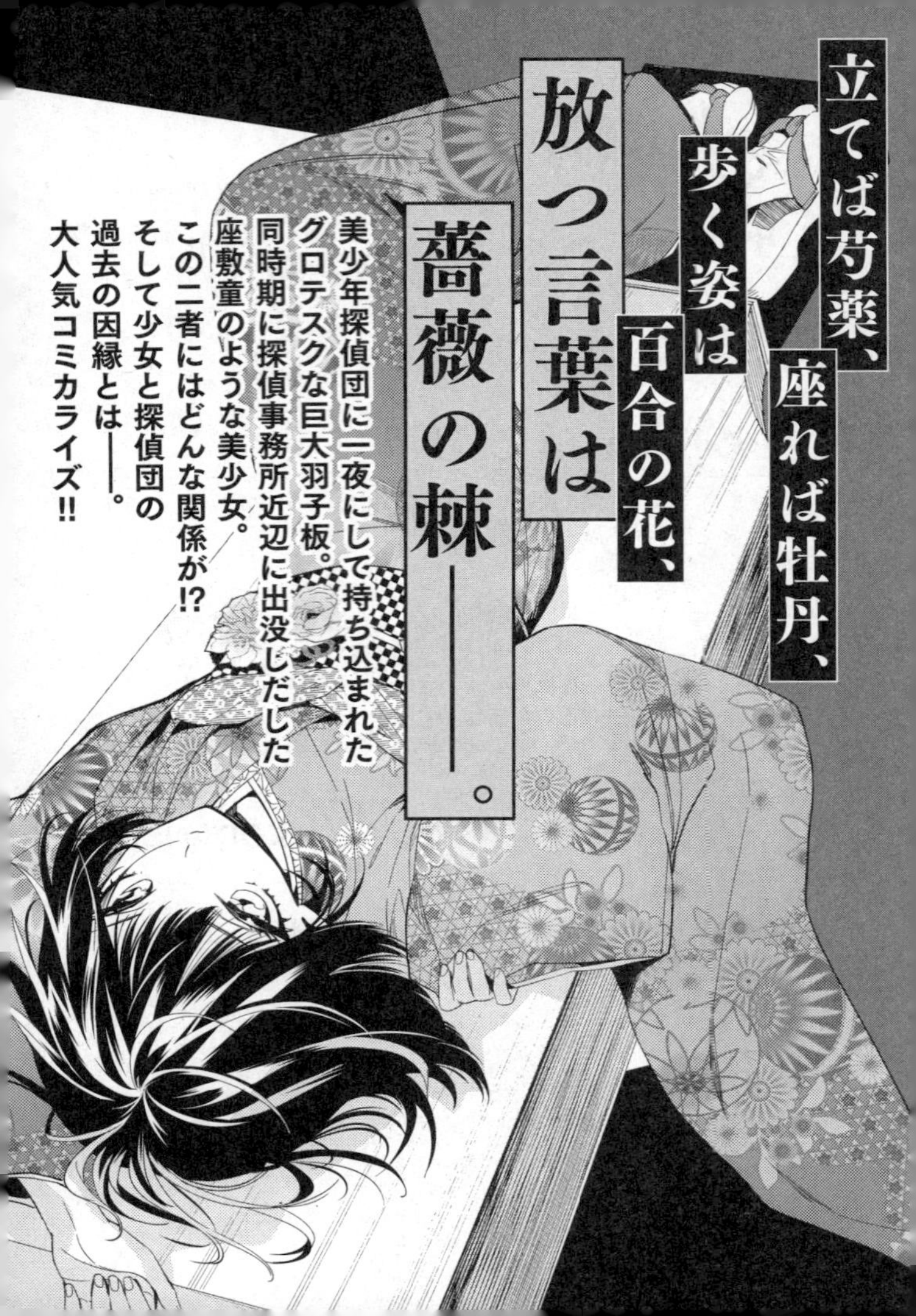
立てば芍薬、
座れば牡丹、
歩く姿は
百合の花、
放つ言葉は
薔薇の棘——。
美少年探偵団に一夜にして持ち込まれた
グロテスクな巨大羽子板。
同時期に探偵事務所近辺に出没しだした
座敷童のような美少女。
この二者にはどんな関係が!?
そして少女と探偵団の
過去の因縁とは——。
大人気コミカライズ!!

一万年に一人の最強ヒロイン。

「あたしの旅路を邪魔するな。
ぶっ殺すぞ」

名探偵にして、人類最強の請負人・哀《あい》川《かわ》潤《じゅん》。
美女二人と連続殺人犯を追う、
ノンストップミステリー

人類最強のヴェネチア

西尾維新
NISIOISIN

Illustration/take

定価：本体1,600円（税別）　単行本　講談社

新時代エンタテインメント
ぼく以外、
NISIOISIN 西尾維新
マン仮説
定価：本体1500円（税別）単行本 講談社

西尾維新文庫

少女《しょうじょ》

西《にし》尾《お》維《い》新《しん》

少女はあくまで、
ひとりの少女に過ぎなかった……、
妖怪じみているとか、
怪物じみているとか、
そんな風には思えなかった。

presented by
N I S I O I S I N

illustration by
碧風羽

講談社文庫
published by
KODANSHA
定価◉本体660円［税別］

不十分
ふじゅうぶん
「少女」と「僕」の不十分な無関係。
この本を書くのに、
10年かかった。